我的新聞是這樣跑出來的

衝撞第一現場的理性與感性

黃逸卿 著

推薦文

那些新聞現場教會我們的事

◎何榮幸（資深新聞工作者）

每個記者都有難忘的新聞現場。這是我們這一行的最大幸運，因為我們能夠為歷史做見證；這也是我們這一行的最大挑戰，因為我們的報導與解讀都將會成為明日的歷史。

為了探索台灣新聞記者的心路歷程，我曾經和台大新聞研究所師生合作，採訪出版《黑夜中尋找星星——走過戒嚴的資深記者生命史》一書，深度呈現十七位記者前輩在威權時代追尋新聞理想的軌跡。

這些資深記者的生命都很沉重，我一度以為是部分受訪者的性格使然。但一、兩位受訪者的生命沉重也就罷了，當所有受訪者幾乎呈現類似的生命基調時，我終於了解，是因為他們生活的那個時代太過沉重，他們記錄的多數新聞現場在威權體制下難以翻轉時代，以至於他們的生命再怎麼樣也無法輕鬆起來。

後來我讀到日本知名評論家川本三郎所寫的《我愛過的那個時代——當時，我們以為可以改變世界》，更加印證了記者生命史無法自外於社會氛圍的結論。川本三郎當記者的時間雖短，卻深受六〇年代日本學運的重大衝擊，那種濃烈情懷從此一輩子揮之不去。

我自己是在解嚴後的一九九一年七月踏入新聞界，雖仍帶著在戒嚴時期成長的歷史記憶跑新聞，但記者生命已不像資深前輩們那麼沉重。

一九九二年四月民進黨發起的「四一九總統直選大遊行」，是我記者生涯初期最難忘的新聞現場。當時黃信介、許信良、施明德、林義雄等人率領數萬群眾遊行，走到台北車站前突然「占領忠孝西路」，就地靜坐抗爭整整三天兩夜，首都交通樞紐也為之癱瘓。

這場遊行的背景，是政壇陷入總統「直接民選」與「委任直選」之爭。從戒嚴時期以來，黨外人士到民進黨一貫主張直接民選，部分國民黨人士也已表態支持；國民黨中央傾向的修憲方案卻是委任直選，也就是人民選出各政黨國大代表後，再由國大代表依政黨意向選出總統。

記者資歷還不滿一年的我，在理念上相信直接民選才能落實國民主權，但也同情因為這場抗爭而嚴重影響生活秩序的市民。當時根本還沒有手機通訊、電腦寫稿，我和其他報紙同業們仍處於「手工業時代」，我們在現場進行觀察與採訪後，必須用稿紙寫下一頁頁報導，然後到附近的餐廳借傳真機付費傳回報社。

隨著抗爭變成持久戰，我在台大社會系課堂上所理解的社會運動，全都在街頭實驗室中得到印證。儘管這場遊行具有推動民主改革的正當性，但在違反集遊法、耗費社會成本的抨擊聲中，最後仍以警方強制驅離收場。我們這些見證歷史現場的新聞工作者，則必須以冷靜態度忠實記錄過程中發生的各種火熱場景。

與戒嚴時期資深記者沉重生命不同的是，我們這一代記者已身處「改變是可能的」嶄新時代。我們知道，這場遊行雖然耗費了所謂的社會成本，讓許多市民生活遭受不便，但台灣民主化的腳步不會再回頭，總統直選不再是遙不可及的目標，國民主權也不再是冰冷的憲法名詞。媒體報導成為台灣民主發展與社會進步的重要推手，我們的薪水不高卻充滿熱情，雖然每天被繁重的採訪任務壓得喘不過氣來，但深深覺得新聞工作具有使命感與意義。

這場三天兩夜的街頭抗爭結束後，跟著群眾一起日曬雨淋的我，拖著無比疲憊的身軀到附近騎樓下尋找機車，準備好好回家睡場大覺。沒想到車子鑰匙孔竟被抗爭民眾塞進口香糖而無法啟動，讓我也成為這場遊行的「受害者」之一。當下又好氣又好笑，只好坐計程車先回家補眠，隔天重回現場將車子牽到附近機車行更換鑰匙孔，這才恢復我的交通工具與生活秩序。

從上述歷史脈絡來看這本《我的新聞是這樣跑出來的》，讀者可以清楚發現，黃逸卿這一代記者已展現了截然不同的生命情懷。

黃逸卿是在二〇〇〇年政黨輪替之後踏入新聞界，與她年齡相仿的新聞工作者已沒有前幾個世代記者所殘留的歷史包袱。不論是在電子抑或平面媒體，這一代的新聞工作者已視民主自由、政黨輪替為常態，他們所處的社會環境已更加多元開放，他們的生命情懷也因而更加海闊天空、自由自在。

當然，記者這一行有若干本質永遠不變，例如迄今新聞工作仍是耗損率最高的行業之一。黃逸卿在書中提到的資深攝影記者「恆爺」，只是我這一代新聞工作者諸多英年早逝的一例。儘管台灣新聞工作者的專業形象不斷下滑，但很多新聞工作者仍在惡劣的勞動條件中堅守崗位，黃逸卿寫給「恆爺」一張張無法寄出的明信片，因而格外令人動容。

此外，記者在新聞現場所學到的事情，也永遠比名嘴在攝影棚裡看圖說故事來得重要與深刻。黃逸卿以生動文筆書寫的十一個新聞現場，藏有很多電視鏡頭裡看不到的故事，這些新聞現場的第一手觀察與漏網鏡頭，往往是新聞工作者學習成長的重要養分。儘管時空背景不同，每一代記者都在新聞現場學會很多功課，讓記者的筆下或鏡頭能夠呈現更多生命的廣度與厚度。

我認識黃逸卿時，她還是TVBS新聞台記者，我們一度是住在石牌附近的鄰居，這些年看著她努力工作、結婚成家、認真思考人生課題，我彷彿也看見自己年輕時的身影。很高興逸卿能書寫屬於她們這一代記者的心路歷程，也期盼能有更多不同世代的新聞工作者書寫「那些新聞現場教會我們的事」，為台灣社會留下更多歷史觀察與見證。

推薦文

帶著新聞重量自在飛行

◎張文強（輔仁大學新聞傳播學系教授）

記者，經常需要練習如何擱置自己的感覺、情緒與心情。這種「擱置練習」，讓他們可以在重要時刻冷靜、抽離地思考，如實、多元地報導。只不過微妙的是，很多好新聞題材是透過感覺看到的，很多好採訪是需要情緒支撐的，好記者更需要有對的心情作為堅持的理由。因此，擱置練習的關鍵在於收放間的拿捏，而不在於壓抑。完全壓抑太過沉重，也違反人性。

黃逸卿小姐這本書《我的新聞是這樣跑出來的》正像是擱置練習之作。幾個故事說明著新聞工作背後的辛勞與甜美，也串連起她過去十年來的心情練習：如何在不同事件中自我反詰；如何帶著新聞的重量，在自己的心情中練習自在飛行。

好記者有種流動的優雅美感，但也是認真、自我反詰、有著思考重量的。另外，所有工作都有辛苦的成分，記者工作也是。我們需要好新聞，所以讓我們期待好記者，也為所有認真記者加油。

推薦文

新聞之外的真實表達

◎楊儒門（二四八農學市集召集人）

自從關出來之後，陸續有與記者接觸的機會，也和逸卿聊過幾次，發現記者也是人生父母養大的，為了生活而工作。或許在採訪過程中不見得大家都很開心，但期待是什麼？不就是為了讓「事實」能夠「真實」地呈現出來。或許有很多人認為少部分人會亂寫，但記者也不是老闆，盡力去做到能力範圍內的公正，不就是一種努力？

以前和記者的關係一直是緊張的，從來不會站在彼此的立場多想一點，只會覺得：問這種問題是吃飽太閒是不是？久了之後才發現，當我們一直要求記者要專業、要正直、要正義、要有社會責任……的過程中，我們自己又做到了多少？

逸卿在《我的新聞是這樣跑出來的》這本書中，平實地記錄和書寫採訪過程中的自我感受，這些或許不是新聞中所呈現的內容，但就是一種真實自我的表達。大家可以透過逸卿的筆觸，進入一個熟悉卻陌生的新聞行業。

「做對的事，把事情做對！」這不只是記者的責任，也是我們該有的認知。

推薦文

電視新聞仍然令人期待

◎詹怡宜（TVBS新聞部總監）

每回見到電視記者被批評，常覺得不忍，畢竟置身其中，我太了解電視記者的壓力與困難。但面對各方的指點也常無言、無法反駁，因為電視這工具太強大，局限與失誤也格外醒目。

逸卿的書《我的新聞是這樣跑出來的》是誠懇之作，呈現電視記者的真實思考。透過她一次次的採訪經歷，可以看見一個記者的生活、學習與成長。

很高興從她的紀錄與分享中，看到一位願意盡力且持續反省的電視記者。只要我們仍珍惜這份能透過採訪學習與傳達的幸運工作，並總是虛心面對社會教我們的功課，電視新聞還是令人期待的。

自序
尋找生命中值得喝采的答案

二〇〇二年，當我還是個初出茅廬的小記者，有一天和資深攝影恆爺出外採訪，在計程車上留下了這一段對話。

我：「恆爺，跑新聞到底是不是一個值得的工作？」

恆爺：「如果你想要過朝九晚五的日子，那就別做，但如果想要挑戰極限或開開眼界，倒可以試試看。」

我：「真的嗎？我的時間不夠用喔。偷偷告訴你，我這輩子只想活到三十歲。」

恆爺大驚：「什麼？為什麼這樣想？」

我一副「你們大人不懂小孩在想什麼」的態度回答他：「活到三十歲應該是人生快樂的巔峰吧?!三十歲以後，人會變醜，健康變差，負擔也愈來愈重，還不如在人生最輝煌的時候翹辮子比較划算。」

恆爺的眼神宛如看著一個「小屁孩」，兩隻眼睛瞪得好大。「我五十六年次，今年三十五歲，我還想活下去，因為我還有好多事情想做。我要看著我兒子長大，我要到希臘愛琴海度假，只要能拍到埃及金字塔，我不在乎多扛幾年腳架。」

我：「在我到你這個歲數前，我會把想做的事情統統做完。」

恆爺大笑：「你確定做得到嗎？」

恆爺在計程車上諄諄教誨了半個小時，但小記者的態度依舊頑劣，堅持生命要在「最精采的一刻」結束。

看到小記者不識好歹，恆爺嘆了一口氣。「好吧，等你三十歲那年再告訴我，你還想不想活下去。」

「一言為定。」兩人打勾勾，相約在我三十歲決定死掉前把話講明白。

但約莫一年後，恆爺突然中風過世，享年三十六歲。

腦血管爆裂前一刻，恆爺在家對小兒子留下最後一句話：「叫媽媽。」昏迷一個月沒再醒來過，家屬拔掉呼吸器，他走了。

參加喪禮時，我望著恆爺的遺照、哭泣跪倒的恆爺太太，還有一臉茫然的孩子，面對這位沒共事幾回的前輩，我的眼淚失控地奔流，因為我這輩子再也沒有機會告訴他是否要活過三十歲的答案。

但我心中仍默默記下與恆爺的這個約定。

喪禮過後，我不再講什麼只活到三十歲的鬼話，總覺得面對恆爺的死，生命中多了些責任。在接下來的工作中，我用力跑新聞、用力玩樂，也用力睡覺，試圖快點達到自己對恆爺宣稱的「三十歲的巔峰與精采」。

既然決定不死，就只能向前走。我走過琵琶湖的黑夜、躺在紐約中央公園草地上、曬曬多明尼加的豔陽、奔向好藍好苦的加勒比海、躲進海地難民帳篷、顛簸行過高雄那瑪夏的小林村……，還有太多太多未與人分享的生命片段，這些沒有一個是我的人生計畫，卻都不期而遇地發生了，它不會從我生命中溜走，等待我給一個曾經存在時間洪流裡的價值。

我在自我浪漫與恆爺的提醒之間掙扎，每當工作心有所感時，便寫下一張張明信片給恆爺。就這樣我迷迷糊糊地來到三十歲門檻，捫心自問，我到了「生命中最精采」的一刻了嗎？

尷尬，還沒哩。

我還沒去愛琴海度假，還沒看到孩子長大，而埃及是我這輩子最想去的地方，我祈禱法老王石在我去之前不要被風化。

當我吹熄生日蛋糕上的三十歲蠟燭時，我真真切切知道自己還沒活夠，卻也惶恐於這種沒活夠的感覺。我自問：是因為我活得不夠認真、不夠努力、不夠精采嗎？

以新聞工作來說，我踏入新聞圈多年，自認努力且認真，但不完美。我這個非新聞科系的學生從投入媒體圈前的懷疑，到進入產業後的徬徨，到如今對新聞工作有了更多的了解、釋然與無力感，我做到了恆爺所說的「挑戰極限與開開眼界」，然而不管怎麼用力爬上一個山頭，總發現還有下一個更壯闊的美景在向我招手。

三十歲當下，我一度選擇逃離工作，遠走歐洲留學，以為能逃過自我檢視的答案，但就算逃到世界的盡頭，也逃不過自己的心。我終究還是在二〇〇九年回到台灣，而且選擇繼續回到媒體浮沉，邁向人生下一個階段。

我經歷了結婚生子，成了工作與家庭兩頭燒的職業婦女，更活過了恆爺當年去世的年齡。在帶孩子與穿梭新聞現場中，我對新聞人的角色有了更多的思考。

新聞人是記錄歷史的旁觀者，總是寫著別人的故事，卻少有機會記錄自己與同業的故事。換句話說，社會大眾會看新聞，可是看不到這些新聞人跑新聞時過著什麼樣的日子。於是這個社會上的人們，不論是反媒體壟斷、反電視還是反八卦狗仔，全都可以批評記者，也有權批評，但沒幾個人真正了解新聞工作的箇中辛酸。

二〇一二年春天，懷孕的我決定開始記錄自己的採訪故事，不對任何現象做評判或解答，只期待記錄最基層媒體工作者曾經有過的步伐。

寫書期間，我開始拿出這些年來寫給恆爺的明信片，重新檢視自己走過的生命足跡。這十多年來，光陰從手中的鍵盤、被新聞現場滂沱大雨淋溼的褲管，以及躺在床上看小說那種巨大的幸福感中慢慢累積、慢慢蛻變。自己的採訪故事只是眾多媒體人經歷的小小一角，不是最精采的，卻是自己的成長見證。

這近兩年的時間，我的生命起了戲劇性的變化。在照顧孩子、陪伴家人、播報新聞、採訪、親赴新聞現場連線等日復一日像陀螺般打轉的人生中，我拚命擠出時間來寫稿。三十歲後的人生的確不如之前的快樂恣意，但肩上扛著家庭責任與負擔時，這甜蜜的負荷倒是讓人生目標愈來愈清楚了。

感謝榮幸哥的愛護與遠流總編輯明雪的支持，讓我有機會在「電視記者」這個身分不怎麼討喜的年代中，出版一個電視新聞工作者的心情紀錄。

只是一般作者寫完書就可以出版了，而我好不容易在二〇一四年二月完成初稿後，原本出版時程已經排好，卻遇上反服貿太陽花學運、反核四等一連串社會運動，整個對媒體批判的社會氛圍愈烈，也讓這本書的出版略為延宕。

這個工作的「原罪」，讓我對這本書從原本浪漫的風花雪月想法，到如今變得戰戰兢兢，天知道我的初衷是如此簡單，就是一份對恆爺交代的三十歲「回家功課」。隨著社會大眾對媒體的批判愈來愈多，相對地這本書也被賦予了更多期許。而為了保護書中提及的當事人，部分人名已稍做修改。

書中的「媒體觀察筆記」是我對現今媒體現象的自省與分析，但寫來其實惶恐不已，畢竟比我資深的新聞前輩如此多，我這個「小咖」有什麼資格寫大道理呢？我的資產只有一身的採訪故事，從自己過去的錯誤與經驗中分享些許媒體人的省思。

更重要的是，我寫書的初衷還在。我在心裡默默告訴自己，儘管恆爺離開了，但我因為他而更加珍惜生命。我已迎向不惑之年，不再逃避人生課題，更用心感受生命的美好，期望有一天我能好好回答他，我是否真的找出讓生命值得喝采的答案。

但願我們都找到了。

我的新聞是這樣
跑出來的

目錄

推薦文　那些新聞現場教會我們的事／何榮幸……2
推薦文　帶著新聞重量自在飛行／張文強……6
推薦文　新聞之外的真實表達／楊儒門……7
推薦文　電視新聞仍然令人期待／詹怡宜……8
自序　尋找生命中值得喝采的答案……9

日本獨家旅程……18
二十幾歲的人生明明該是絢爛揮霍的，而我卻在大雪紛飛的日本，為了取得李登輝與恩師柏祐賢相聚的獨家畫面，夜裡奔波到流淚。
媒體觀察筆記：獨家價值有多高？

酒店女的紐約夢……34
二〇〇四年，為了製作總統大選的地方專題報導來到台中，當時採訪了一個酒店高雄妹，她曾說過好想來紐約，而她的眼淚，還在我眼前閃爍。
媒體觀察筆記：新聞有必要偷拍嗎？

日本獨家旅程

恆爺：

你過世好一段時間了，我還乖乖努力活著，卻好像活在看不清的迷霧裡。二十幾歲的人生明明該是很絢爛揮霍的，而我為什麼得在大雪紛飛的日本，夜裡為了一個讓人不怎麼有快感的獨家新聞奔波到流淚？

每每想起你是在辛苦的媒體工作中結束生命，便很想問你究竟有沒有後悔過？我不知道你的答案，只能悶著頭做，然後等待時間的解答。恆爺，我起碼還有這個青春獨有可以揮霍的本錢吧？

2005.1.3 寫於日本出差後

採訪檔案

◆任務：跟隨卸任後的前總統李登輝出訪日本。
◆時間：二〇〇四年十二月二十七日至二〇〇五年一月二日。
◆地點：走訪名古屋、金澤與京都等地。
◆經驗值：剛接跑政治「台聯」線不到一個月就派去出差，是記者生涯第一個出國差事。

該死的小DV

已經沒有其他旅人，我站在日本鄉間的一個車站出口，裹緊圍巾靜靜地等著要來接我的Bob。在這個飄著瑞雪、晚間十一點的夜裡，我吐出的每一口氣都化成了陣陣白煙。

只是接我的Bob還沒到，附近卻有三、四個看似二十出頭的年輕人隔著幾步路開始用日文對我喊話。雖然我不懂日文，但一聽就知道是無聊小混混的調侃。

忍耐、忍耐，人在異鄉，不得不低頭。

我完全不看這幾個小混混，他們卻慢慢向我走來。我外表努力維持鎮定，心裡開始碎碎唸：該死的出差，該死的小DV。

回到深夜的車站門口，終於，一道刺眼的車燈劃過寧靜鄉間，一輛轎車駛入車站，停在我面前。我往車內瞄一眼，確定是Bob之後趕緊跳進車裡，用力關上車門，留下日本男子的無聊訕笑。

「麻煩你了，這麼晚還來接我。」

Bob臉上沒有笑容。「東西有沒有帶來？」

「帶來了、帶來了。」我連聲回答，就怕他臉上再多幾條斜線。

「很晚了，今天就先在我家過夜，明天再一起去現場吧！我還有好多事情要講，很多背景不慢慢聊，你們記者是不清楚的。」

做記者的，尤其是趕時間的電視台記者，最怕聽到「慢慢聊」這種字眼。

「真的不用麻煩了，我待會兒就回去，還有一些準備工作要做。」

Bob的眼睛睜得好大。「你現在怎麼回去？新幹線已經沒車了！距離這麼遠，別開玩笑了！」

「沒關係，我可以叫計程車。真的，我必須要回去。」我一邊說、一邊有股想哭的衝動。

Bob不吭氣地開車，我悶著的情緒就像壓力鍋逐漸升溫。我把手伸進袋子裡的小

DV，祈禱機器別再出狀況才好。

年輕女孩不是應該在台北東區街頭忙著妝點自己嗎？我為什麼會在這裡？平日的大部分時間已經被市議會、立法院、府院黨記者會場與抗議街頭填滿，還不時被滂沱大雨淋溼穿著平底鞋的褲管。我不是不想風花雪月，而是身不由己，說穿了就是為了一口氣：我不想輸，我想看看恆爺口中的世界有多大。

菜鳥的獨家任務

整件事情的開始，就是為了跟隨李登輝卸任後首次的日本行，出發前接到公司指示，要我將一個小DV交給Bob。

Bob是個大約五十來歲的旅日台灣人，景仰李登輝的他多年來靠著一股熱忱，終於協助李登輝連繫上失聯多年的京都大學恩師柏祐賢，此趟李登輝的心願，就是希望能夠再見恩師一面。

定居日本多年的Bob連講中文都有日本腔，做事一板一眼，很像許多這個年紀的人，本能地對3C產品有些抗拒。

但在新聞求快求獨家的目標下，我這次的任務就是把DV交到他手上，用最快的時間教會他使用現代科技，在大家無法拍攝到的場合裡捕捉到李登輝與恩師互動的每一刻。

只是天不從人願，約好要與 Bob 碰面的當天傍晚，忙完新聞後準備從下榻飯店出發，此時卻發現DV在冷冽的天氣中掛點，Rec 鍵就是按不下去。天色已晚，我趕緊打越洋電話向公司回報，請求取消任務。

但公司傳來的指示是：「請用盡各種方法把東西送到。」

我這個剛轉跑政治線的菜鳥只能將命令照單全收。

於是我和攝影搭檔拿吹風機吹了老半天，好不容易功能恢復正常，兩人趕緊出門送機器，沒想到攝影搭檔的大機器這時也出了毛病，他慘叫一聲，不僅無法跟我去，還得連夜想辦法把大機器修好。

在陌生的城市裡，我們分道揚鑣，各自想辦法完成任務。

都是天氣搞的鬼

我搭了將近三個小時的新幹線來到鄉間，再坐上 Bob 的車，還沒時間感受陌生與疲憊，約莫十分鐘後，車子就駛進一間獨棟別墅。

Bob 的太太出來開門，引領我進入一個小房間。Bob 慎重地端出一疊剪報資料，儘管時間已經很晚，他還是泡了茶，坐下來準備從盤古開天講起。

我壓抑著內心的焦慮，趕緊拿出DV來吸引他的注意。Bob 看了看說：「先教我怎麼用吧！」

我心裡暗暗祈禱，希望一切順利。我打開電源，把DV拿到 Bob 眼前，說：「很簡單，要錄的時候按下 Rec 鍵，就和錄音機一樣，不錄了就按 Stop。這台DV可以自動對焦，按下這個按鈕可以 zoom in、zoom out。其他功能太複雜了，也不需要知道，單純的錄影只要搞懂這些功能就行了。」

「可以示範給我看嗎？」

「好。你看，這就是 Rec 鍵，你就這樣按下去，裡頭會有一個符號告訴你開始錄了，你看喔。」

我按下 Rec 鍵，可是機器沒有反應。再按一次，螢幕依舊沒有變化。我開始冒冷汗，即使機器重新關機再重來，依然不動如山。

Bob 的臉色難看極了。

我最擔心的事情發生了，經過一晚的折騰，機器還是無法適應日本天候。

我厚著臉皮向 Bob 借吹風機，低著頭拚命吹。半小時過去了，指針指到十二點，我宣告放棄。

「真的不好意思……」我已經無法用「悶」來形容，委屈、挫折、寒冷加上一連出差幾天的疲累，壓力鍋已經達臨界點。

Bob 是促成這次新聞事件的關鍵推手，現在卻在致命的小環節上出了差錯，想當然爾他的情緒差透了。

「一切不都毀了嗎？你一個人跑到這裡，還趕著要走，一點新聞求知慾都沒有。記者懂什麼機器？攝影也不來，擺明不重視嘛！」

我知道 Bob 是一時情緒激動，但眼淚已經快要奪眶而出，當下卻沒辦法甩頭大喊「老娘不幹了」，因為他不是我老闆，眼前的問題還是要解決。

好在晚上坐上新幹線時，一路就擔心會發生這樣的情況，當下撥電話給搭檔，請他修理大機器時，順便向我們日本當地合作的電視台借一台小DV備用。

我跟 Bob 解釋，這真的是天候問題造成，不過我們有再準備一台，明天到現場時交給他。

也就是說，我今天根本白跑一趟了。

噩夢般的夜晚

兩人都沉默了。我坐在椅子上，眼神無奈地望向窗外的飛雪，強忍住淚水，靜靜地沉澱自己。噩夢般的夜晚，指針指向十二點半。

Bob 又說：「真的不好意思，你今晚就留在這裡休息吧，明天帶你到現場。太晚了，你這樣趕回去，我沒辦法跟你們公司交代。」

我說什麼也不願意，不只是因為不想留在陌生的地方，最主要是不能讓媒體團發現我的脫隊行動。身為政治線菜鳥，要是自己「眉角」沒抓緊、得罪了大家，未來幾天的出差行程就有我受的了。

但對 Bob 來說，讓一個外國女孩深夜單獨坐計程車到數百公里遠的地方，豈是該有的待客之道？但他拗不過我的執意，只好嘆口氣，把幾大箱資料放一邊，幫我叫計程車。

在等車來的期間，他帶我參觀家居。走著走著，Bob 推開其中一道房門，我見著兩位白髮老人看似沒有意識地躺在床上。

Bob 突然眼眶泛紅起來。「我爸媽身體快不行了，這段時間我幾乎沒睡覺，白天奔波打點李前總統的行程，晚上照顧我爸媽，壓力好大。我很擔心他們熬不過這幾天，但我還是得忙，現在卻又出了這樣的狀況，我……我……」

我呆呆看著他，笨拙得不知道該擺出什麼表情。

一個異鄉人漂洋過海站在一個素昧平生的人面前，才剛覺得自己滿腹委屈，而現在我該伸手拍拍他的肩膀嗎？

室內空氣是溫暖的，但我無法讓自己憔悴的心解凍。調整好面部表情，我禮貌性地看著Bob，讓他宣洩情緒。

如今回頭再看，萍水相逢的媒體工作型態豐富了我的生活，只是歷練不夠的我還有更多的同理心才是。

爆發

屋外傳來計程車救贖般的喇叭聲，告別Bob的時間已是凌晨一點半。無法用言語溝通的計程車司機載我駛向名古屋，那裡的天空沒有雪。

摘下圍巾和手套，坐在車上的我不停發抖，打電話給搭檔時，壓力鍋終於爆炸，眼淚撲簌簌地流下，我不停地講、不停地講。

窗外景色變換，告別原野小屋，告別快速道路兩旁吞噬黑夜的山巒，告別黝黑的樹林。往前，再往前，雪景不見了，車燈是旅人的指南針，車子呼嘯而過，甩開暗夜裡的路人，撇下沉睡的城鎮，天開始下雨。往前，再往前，雨停了，樓層由高變矮、由矮變高，路燈卻總是霧氣昏黃。淚水劃過不知名小鎮的商店前，言語在冷冽的時空中凝結，我與一個個地名擦肩而過，留下短得可憐的緣分。

迷迷糊糊中，我腦海裡浮現出恆爺過世的情景，當時我與同事前往醫院探視他的最後一面，他的眼睛已蓋上紗布，家屬捐出他的眼角膜。除此之外，恆爺看起來沒什麼改變，宛如睡著一般。

恆爺人生最輝煌的時間都在媒體度過，也在媒體崗位上離去，就算之前再努力樂觀地活著，一定也吃過苦、受過傷。恆爺，你覺得一切都值得嗎？能不能告訴我？

陌生的國度裡，旅人在計程車上沉沉睡去，任由命運將我載往三個半小時後即將露出東方魚肚白的另一個城市。

獨家的價值

隔天，我和搭檔有驚無險地在李登輝與恩師柏祐賢碰面之前將ＤＶ交給 Bob，完成了此行的任務。

當各家媒體只能在恩師的屋外等候時，Bob 在屋內捕捉了李登輝與恩師闊別數十年的真摯交流。幾年後恩師過世了，Bob 掌鏡的這一刻，是他們生命中最悸動的一次相會。

事後這段獨家畫面在我發完新聞後，Bob 希望也能將此畫面提供給其他媒體；也就是說，走過這一段辛苦的旅程，我的獨家新聞並沒有比別人領先多少。

儘管有些嘔，但我就像許多新聞人一樣抱怨著媒體界的苦，卻怎麼也離不開，因為這份充滿未知與挑戰的工作其實很熱血。

二十多歲的我還處在「我要在三十歲前體驗一切」的階段，無法體會生命該如何像水流般調節，才不至於讓人生建構在自己的衝刺之上，使得愛我的人因為心痛而被洪水浸淫滿山谷的憂傷。

精采不等於快樂，自我追尋也不該建築於愛的犧牲上。懵懂的我別自以為聰明。

回國後，我得到這輩子最豐厚的獨家獎金。值不值得？我不願去想了。

前總統李登輝卸任後的日本出訪之旅來到他的母校京都大學，最重要的就是拜訪他的恩師柏祐賢。

托出差的福，有機會體驗日本新年雪景與習俗，對初出茅廬的小記者來說，看什麼都新鮮。

李登輝訪日事件簿

◆起源

二〇〇四年底至〇五年初，前總統李登輝卸任後出訪日本，走訪了金澤，在日本第一大湖的琵琶湖畔度過新年，接著到京都，回顧在京都大學的學生時光，更拜訪了恩師柏祐賢。李登輝此行出訪行程低調，成了一趟「最無政治味卻充滿政治宣示意義的私人旅程」。

◆型態

這趟號稱「無政治目的」的私人行程，在媒體的鏡頭捕捉下，處處充滿政治味。李登輝造訪了打造嘉南大圳的日本水利工程師八田與一的老家，細數台灣與日本政治感情的連結；在日本三大名園的兼六園賞景時，日本維安與台灣記者發生衝突；在美術館玩手拉坏，打算做紀念品送給東京都知事石原慎太郎；還在已故友人、日本知名作家司馬遼太郎的墓前發表談話，期許「今後台日兩國若能建立更沉靜且強力的連帶關係，我想這也算是此行的成功。」❶

◆效應

歷史悲喜，總會被時間帶走。二十歲留學日本的李登輝在四十五年後、六十五歲當上中華民國總統，成了中國大陸眼中的麻煩製造者，卻是不少日本人景仰的對象。當時願意讓中華民國卸任元首踏上日本土地，顯見台日中三方的氣氛有多詭譎，有日本媒體評論這是「台日雙方的春天來了」，但中日關係也因此一度陷入冰點。只是凡事有一就有二，政治沒有永遠的敵人，李登輝此次成功趴趴走，讓後來再次造訪日本的阻力小了不少。

❶中央社記者黃菁菁，〈李登輝結束日本之旅司馬遼太郎墓前發表感言〉，二〇〇五年一月二日大阪報導。

媒體觀察筆記：獨家價值有多高？

對現在的台灣新聞工作者來說，獨家新聞已不盡然是榮譽與工作能力的展現，更混雜著一種愛恨交雜的悲憤感。

記得二〇〇六年時，我問到一個重要的倒扁新聞獨家訊息，當下歡喜地向長官報告，公司卻以「不是電視新聞的菜」為由打回票，要我改去青年公園找一個老伯伯，做一條「我要穿紅衣服去倒扁」的小獨家。

當天的心情真的很悶。偏偏老伯穿紅衣的倒扁新聞播出之後，由於做得逗趣、效果很好，公司幾乎每一節都排播，我看著新聞畫面上了大大的「獨家」兩字，心中卻在發酸。

果然不出所料，半個月後，某周刊爆出了我問到的獨家訊息，還放在頭版封面報導。原本不要這條獨家的公司也跟著其他媒體一起補破網，長官本來不好意思叫我去補這條新聞，但眼看效應繼續擴大，幾天後還是硬著頭皮叫我跑新聞後續。

什麼叫獨家新聞？許多閱聽人看到老伯伯穿紅衣去倒扁的新聞打上「獨家」兩個字，一定都會有這樣的疑惑：「這條獨家新聞的價值在哪裡？」而真正有分量的政壇獨家訊息，新聞台卻在第一時間將之打入冷宮，為什麼？原因出在電視台的獨家新聞題材，除了得考量訊息本身的重要性之外，還包括畫面該如何呈現、題材夠不夠討喜等，而政治新聞往往因為題材硬，不易抓住觀眾的興趣，有時就這麼被犧牲掉。

但不討喜的獨家新聞就代表不重要嗎？當然不是，只是在這大量訊息快速流通的新聞世界裡，為了留住觀眾目光而得有所取捨，難免會出現誤判。

那麼媒體究竟該怎麼做，才能讓自己的獨家戰力與價值發揮到極大化？

二〇〇五年九月初，時任勞委會主委陳菊有意請辭，辭呈已悄悄送進閣揆辦公室，我偶然得知這條獨家訊息後，立刻向長官回報討論，長官聽了二話不說，決定出手，但這同樣也是一個缺乏畫面的新聞。

我幸運地訪問到知情人士，當天還守在勞委會好幾個小時等待陳菊現身，儘管後來撲了空，辦公室的長官甚至幫我打電話挖掘更多訊息，厚實這條新聞的分量。

事後聽說這條獨家新聞播出時，行政院記者室的記者們全跳了起來，急問怎麼回事，原本下班的行政院記者也趕回來補新聞，隔天各大報更以頭版刊登，長官露出滿意的笑容。

套句電視台解釋新聞的方式，這是一條畫面「很乾」的新聞，從頭到尾都是陳菊的資料畫面與電腦繪圖，再加上一個訪問，然而這則訊息背後牽扯的是民進黨內部派系角力，與高雄市長參選人的布局。當辭呈消息曝光，等於陳菊的動向已定，也才有了今日高雄市長花媽。若當時消息沒曝光，時任行政院長的謝長廷留住了陳菊，也許現任高雄市長就是別人。

一個獨家新聞的產生，背後除了靠記者的努力，更要有團隊的有力後盾，大膽發聲，小心求證，才不枉媒體監督的價值與「獨家」二字的分量。

記者最有成就感的事不是拿到獨家獎金，而是自己的獨家報導能讓各家媒體追著跑，如果還追不到，更顯出記者功力，尤其若這報導攸關公眾利益、影響深遠，那將會是記者生涯驀然回首時的欣慰，因為自己小小的力量曾改變了社會，還有什麼比這更酷的呢？

酒店女的紐約夢

恆爺：

你過世三年了，有時我幾乎忘了曾經與你有過三十歲的約定，因為我挺認真地在生活，鮮少回頭看過去了。我告訴自己，不管活到幾歲，無論好壞，都該好好經歷當下這個年齡該經歷的一切。但怎麼愈認真工作，就愈容易傷人與被傷？

這次我走訪紐約，一張掉落的名片提醒了我許多事。我曾經採訪過一名來自高雄的酒店妹，不同生活背景的我們相談甚歡，我知道她其實是個看似遊戲人間的安定女孩，而我這理應相對單純的媒體人卻貪玩得很，根本不想安定。愛情不簡單，幸福也不簡單。我走在紐約街頭，有點想迴避這個自己本該面對的課題，但也不禁苟且想著，才二十幾歲的我還沒必要和人賭這局幸福的棋吧？

2006.5.27 紐約行後有感

採訪檔案

◆任務：負責二〇〇四年總統大選之地方專題報導，訪問民眾心聲，並報導各縣市的施政與發展問題。

◆時間：二〇〇四年二月。

◆地點：台中、雲林與彰化等西部縣市。

◆經驗值：對主跑政治的女記者來說，能夠有機會進入酒店採訪，還被黑道追車，真的是個很難得的經歷，不過這樣的經驗一次就夠了，也應該是最後一次。

凱蒂女孩還是簡單女孩？

二〇〇六年，好不容易排出休假，出走紐約十天。

駐足紐約街頭，我點了一杯星巴克，想像自己是影集《慾望城市》的女主角，坐在中央公園裡曬太陽。沒多久眼前走來一群年輕亮麗的媽咪，帶著她們的小貝比坐在湖畔。我開始幻想她們當母親之前的過去，是否也如影集裡幾個慾女一樣精采？影集女主角凱莉有一句經典名言：「這世界分成兩種女孩：簡單女孩（simple girl）與凱蒂女孩（Katie girl）。」對愛情有安定靈魂的簡單女孩是當老婆的料，但容易讓男人感到乏味。至於凱蒂女孩，就如女主角那樣適合男人冒險、浪漫或挑戰，卻是個婚姻零分的滯銷女。

一個貝比搖搖晃晃走到我身邊，好奇地想要摸摸我的黑髮黃皮膚，可愛的模樣讓我想送她東西。掏了掏口袋，什麼都沒掏到，倒是落下一張名片。

褐髮的漂亮媽咪趕緊走到我身邊，將貝比抱起來，對我笑了一下，又把貝比帶回湖邊。

我俯身撿起掉落的名片，竟是兩年前採訪過的一個酒店高雄妹，她曾對我說過好想來紐約，而她的眼淚，還在我的眼前閃爍。

她是一個被看成是凱蒂女孩的簡單女孩，注定情路坎坷。

採訪的運氣

記得當時我為了二〇〇四年總統大選專題採訪來到台中，試圖從城市小人物呈現「台中的情色與文化」，讓台灣未來的總統知道台中市需要什麼。

傳統文化特色不難捕捉，但台中特有的情色現象並沒那麼容易透過畫面呈現。我特別去了台中夜店，自己還下舞池扭了幾下，不過總覺得抓不到「精髓」。問題是，人生地不熟，沒門路沒管道，該怎麼赤裸裸地呈現台中市的「情色風光」呢？

就在苦惱時，我碰上了機會。當我和一名受訪者聊起來，發現這個自己開店的老闆竟是著名W酒店的大戶。

「你想去W拍？」老闆神祕兮兮地看著我。

「是啊，你有門路嗎？」

老闆大笑三聲。「好，我帶你們去！」

「真的嗎？我們帶的是大攝影機喔？」

「開玩笑！我是什麼來頭，誰敢擋我？但是，」老闆板起臉，「有個條件。」

「什麼條件？」

「不管怎樣，都不能拍到我的臉。」

僅僅是萍水相逢，就讓我在台中遇到W大戶，上帝果然是眷顧我的。當下點頭如搗蒜，馬上與老闆約好晚上一起前往許多男人心目中的溫柔聖殿。

搭檔的重責大任

當晚我們坐著老闆的車進入W停車場，老闆把車停好後轉頭告誡攝影搭檔：「攝影機拿著就好，進入包廂之前不要亂拍。」

一下車，馬上就有弟兄相迎，幾位彪形大漢看看他、再看看我們，眉頭皺都沒皺一下便為我們引導方向。

進入包廂，老闆熟練地叫起小姐，我和攝影搭檔當然也有人坐陪。老闆很放得開，三杯黃湯下肚，自顧自的和老相好玩了開來。

倒是我的攝影搭檔，眼看一個小時過去了，依舊正襟危坐。也許是顧忌我在旁邊，於是我湊到他旁邊輕聲說：「來了就來了，可別浪費大好機會啊！」

他回過頭正經八百地說：「我正在打開她的心防，讓她等一下接受採訪呀！」

我心裡暗笑攝影搭檔在裝柳下惠，卻也慚愧自己根本不知從何下手。既然這是個屬於男人的世界，就把打開小姐心防的任務交給攝影搭檔吧！

兩個小時過去，再看看很「ㄍㄧㄥ」的攝影搭檔，似乎手就要「伸出去」了，我再湊過去開玩笑地偷偷跟他說：「不要顧慮我喔，加油。」

攝影搭檔靦腆地笑說：「我從沒來過酒家，我在努力不要讓她覺得我很遜。」

又過了一個小時，感謝辛苦做柳下惠的攝影搭檔努力終於有了代價。一個小姐點了頭，願意跟我說說她的故事，她，就是高雄妹。

凱蒂女孩的平凡願望

記憶中，她比我大兩歲，皮膚白皙，眼睛水汪汪，穿著紅色鑲碎鑽小禮服，是個很漂亮的女生。

高雄妹十幾歲就入行，從高雄起家後便想「更上一層樓」，一有機會就來台中市發展。錢賺了不少，但也花得兇。入這行是為了幫家裡還債，只是從此栽下去而難以回頭。

「我告訴你，真的錢賺多了，就很難再回去以前的生活。」昏暗燈光下，高雄妹儘管可以用濃妝遮掩自己，但她眼神閃爍。「這樣的生活回不去就算了，麻煩的是，我愛上一個人，明知道不該愛，卻還是愛了。」

好似通俗言情小說的劇情在我眼前真實上演。「哦？為什麼不該愛？」

「唉，該怎麼說呢？他是這裡某個政要的兒子，他很愛我，但你知道，我的身分很難讓他家裡認同。我很愛他，可是不知道未來在哪裡。我相信他是愛我的啦，所以我還在努力。」

是不是真愛，外人不足以評論，可是聽起來的確情關難過。我問她：「那你怎麼打算呢？」

「不知道，煩哪。我也想脫離這樣的生活，當個一般女孩，有一天能夠大方對全世界說我的男朋友是誰，然後和他一起去紐約旅行。」

看似凱蒂女孩的人也有最平凡的願望，只是一旦形象被社會建構之後，想要當哪種人，已經不是自己能完全掌控。

高雄妹的眼淚

包廂裡霓虹燈閃爍，點綴著萎靡的夜，也恰如其分地遮住真實的表情。歌聲轟轟響，卻蓋不過老闆和小姐的調笑聲，一位身穿白色禮服的小姐剛吐完從廁所出來，擦了擦嘴，砰的一聲倒在沙發上閉起眼睛，另一位小姐接著轉檯，一身黑色禮服襯托她的姣好身材，站起身時，香水味和酒氣隱隱飄送。

鶯鶯燕燕們開門、坐下、陪笑、喝酒、玩樂、轉檯，走出包廂的門時，臉上的表情都是相同的木然。

這裡是工作賺錢的場所，是找「有緣人」飛上枝頭的場域，然而狂歡下究竟隱藏了多少寂寞？敞開心防的高雄妹眼淚就像斷線的珍珠，一顆顆掉落在光滑冰冷的黑白大理石地板上。

「我聽說紐約的味道很特別。」高雄妹擦著眼淚說。

「怎麼說？」

「就是不同的地方有不同的味道啊，你從味道就會清楚知道自己是在紐約的哪裡，很多采多姿的感覺。」高雄妹比手劃腳，興奮得彷彿明天就要出發。

「我覺得跟你很談得來，有空我們可以多出來聊聊。」高雄妹遞出她的名片，我伸手接下，開心地說：「好哇，我們保持聯絡。」

深夜裡的飛車追逐

完成採訪工作時，已是三更半夜。

我們向老闆揮手再見，坐上採訪車，在黑得化不開的夜裡驅車奔馳。當我還沉浸在高雄妹的心情裡時，採訪車駕駛突然對我們說：「我們好像被跟車了。」

「什麼？」大家疲累的身心瞬間緊繃起來。我們在台中市區裡開始飛車追逐，不管駕駛怎麼加速超車或繞道，就是甩不掉後方的跟車，直到採訪車上了高速公路，後面兩輛車仍然緊緊跟著。

這真是始料未及的狀況。老闆在W酒店很罩，但出了那扇門，兄弟其實不用再買他的帳。

被跟車了將近一小時，我胡思亂想、心神不寧，手裡仍緊緊握著高雄妹的名片。採訪車駕駛緊握著方向盤左轉右閃，車身不時因為閃車而劇烈抖動，氣氛肅殺。

不知過了多久，突然兩輛尾隨的車輛超車向前，越過我們揚長而去，消失在高速公路的盡頭。

我們呆呆看著前方車流，一時還會意不過來。兩分鐘後，我的腦袋才逐漸開始運作：為什麼車走了？是老天爺眷顧我們嗎？也許車裡的人只是想給我們一個警告，要我們明白：W可不是你想來就來、想走就走的啊！

三個人頓時大大鬆了一口氣，整夜的勞累與緊繃終於鬆懈下來。

我癱在前座，看著窗外劃過一幕幕的田野夜色，又想起高雄妹的眼淚，心中百感交集，不知過了多久，終於沉沉睡去。

這次拍到了第一手酒店畫面，又以專題報導呈現，雖然不是不可能的任務，但也並非簡單如一塊蛋糕的事。儘管不是完美作品，起碼整個過程盡力了。

還在歷練的我根本沒想過風險有多大，就這麼莫名其妙地完成工作，連人身安全都快賠進去。至親的人聽到時無不為我捏把冷汗，但在新聞報導裡，並不會看到記者採訪原來還有這樣的篇章。

人生的幸福課題

兩年後在紐約的中央公園裡，我掏到高雄妹當時給我的名片，看著名片上的「花名」和電話號碼，感到陌生又親切。我沒有再打電話給她，不知道她的紐約夢是否已經實現？

我能為她做的，只有呼吸紐約的氣味。

地鐵的百年濁氣、運河街的中國城裡特有的垃圾腐臭、中央公園的乾淨草香、東村的金屬皮革味，還有南街漁港鹹鹹的海水味等，種種味道豐富得像是鄉愁一般。逛著逛著，終究還是來到每個偽紐約客都會來朝聖的時代廣場，氣味竟濃郁到讓人喘不過氣。

原來我巧遇湯姆克魯斯，時值電影《不可能的任務3》的宣傳期，如日中天的他站在宣傳消防車上呼嘯而過，滿滿的人潮簇擁著一窺明星風采，汗臭與各式香水味混雜著人群的好奇慾望與欣喜，現場寸步難行，幾乎發生暴動。

騷動的人群中，眼見紐約當地一位慌張的女記者拿著麥克風不斷張望，因為前方有人打架，她正評估是否要衝上前、還是守在這個好不容易和攝影搭檔卡到的好位置。此時一名男子向她跑來，嘴裡叫著Honey，並遞上一杯飲料，女記者卻一把推開他往前跑，決定帶著攝影搭檔去拍衝突場景，留下男子愣愣地留在原地。

頓時，我彷彿看到了自己。

媒體人的情慾浮沉從來不是歷史篇章，那麼他們為媒體所記錄與犧牲的一切又是否值得？

什麼樣的人能夠擁有幸福？高雄妹一定不能嗎？而媒體人就一定能嗎？我還沒有想明白。假期結束後便趕緊逃回台北，繼續在媒體打拚。

或許對於被時間追著跑的媒體人來說，如果不想面對工作帶來的情感苦澀，那麼媒體的忙碌就是自己最好的偽裝，就像慾望熟女們踩著高跟鞋，讓鞋跟清脆的凱蒂步伐聲轉移臉上的淚痕。

無論是簡單女孩還是凱蒂女孩，都會犯錯與受傷，也非關幸福，但幸福究竟該如何追尋到手？

恆爺，這也是你沒教的功課，我會試著自己完成。

走訪紐約街頭，一張掉落的名片提醒了
我總是迴避卻該面對的幸福課題。

就算休假也有職業病，看到紐約街頭的媒體採訪，我就會興奮地猛拍照。

二〇〇四年總統大選，地方專題報導事件簿

◆起源

民進黨的陳呂配（陳水扁、呂秀蓮）尋求連任，對上國民黨的連宋配（連戰、宋楚瑜），藍綠選戰口水撕裂了社會。電視媒體早在投票日前數個月便開始禁假，全力投入選戰新聞。為了豐富選舉素材，新聞台往往投入記者人力下鄉採訪，呈現選舉新聞更多元的面向。

◆型態

電視台的選戰新聞簡單分成兩種類型：一是即時新聞，處理當天最新政治動態；另一是專題報導，以較長時間規畫，呈現出各種選情面向，讓閱聽人了解台灣站在什麼風雲浪頭上。

當時我即是為了專題採訪而下鄉，被分派到中部縣市，採訪地方民眾的選情心聲，以及各縣市的施政問題。我用一週時間走訪台中、雲林與彰化，從雲林古坑的咖啡業者、彰化花田怒放的花農、甚至是台中街上青少年的口中問出：你們想讓誰當總統？對台灣有什麼期待？

◆效應

有趣的是，想要問出市井小民支持的候選人，比問檯面上的政治人物還難，因為大家面對鏡頭都很含蓄保守，採訪時得努力引導受訪者說出政治悶氣。有些受訪者說到某個「引爆點」時，會突然喊出自己的支持者，彷彿一塊梗在喉嚨的刺吐了出來。

這是一個不具樣本代表性的田野採訪調查，目的是讓候選人更了解人民頭家的期待。但選戰結果出爐，陳呂配以不到三萬票的差距勝過連宋配，戲劇化地搭配選前之夜陳水扁那兩顆子彈，以及連戰在落選當天激昂嘶吼當選無效，讓台灣選後更為撕裂。然而新聞工作者記錄歷史的工作並不會因此間斷，因為他們有責任讓閱聽人知道台灣當下站在什麼浪頭上。

媒體觀察筆記：新聞有必要偷拍嗎？

談到偷拍，指的是在當事人不知情或不同意的情況下進行攝影，而本篇採訪台中酒店的經歷與一般偷拍新聞不同，我們是拿著大攝影機在有拍攝大忌的酒店裡「此地無銀三百兩」，且徵得當事人的同意進行不露臉拍攝。能夠完成這項工作，其實靠不少運氣。

實際上碰到酒店新聞時，記者通常得用偷拍手段來取得畫面，風險極高。新聞台備有專業偷拍器具，從過去藏在包包裡的針孔，到如今拿著智慧型手機假裝一般民眾在拍攝，方式很多，但絕不輕鬆愉快。相反地，記者在偷拍當下，往往腎上腺素與血壓會急遽升高，精神極度緊繃，而好不容易取得畫面後，只要被冠上「偷拍」兩個字，就立刻被歸類為沒品的狗仔，不僅閱聽人罵聲連連，更讓不少記者對偷拍產生不小的心魔（我就是其中之一）。

但冷靜思考一下：新聞採訪一定要用到偷拍嗎？偷拍真是千錯萬錯嗎？

長久以來，社會大眾容易忽略要把「偷拍手段」與「偷拍目的」分開來看，導致偷拍新聞背上了汙名。當我們了解到偷拍手段是立基在何種新聞目的之後，才能客觀檢視偷拍行為是否被容許於新聞採訪中。

更具體地說，新聞素材需要以偷拍來完成的狀況各有不同，最令人爭議的就是名人隱私的偷拍，誠如知名愛爾蘭作家奧斯卡・王爾德（Oscar Wilde）在他一八九一年的散文集《社會主義下的靈魂》（*The Soul of Man under Socialism*）中，點出了商業媒體與閱聽人之間的曖昧關係：「社會大眾有一顆永不滿足的好奇心，想知道一切事情。新聞界意識到這一點，就像商人的習慣，去提供大眾需求。」

一些媒體以遊走於法律邊緣的偷拍手段，滿足了大家的偷窺慾，其效應也確實反映在銷售數字與收視率上。說起來，市場的供給與需求不就是這麼一回事？但這並非媒體的全貌。

另一種需要採取偷拍的狀況則大不相同，也就是當採取偷拍手段才可能揭發與公眾利益相關的真相時，恐怕就是必要之惡。我就曾因一個新聞事件沒有「偷拍成功」而抱憾至今。

有位民意代表曾向我揭發某產業的黑幕，表示會提供蒐證影帶，只不過公司為求謹慎，要求我與攝影自行跟拍。當天攝影搭檔將針孔攝影機放在包包，我們在公開場合進行偷拍蒐證，卻在關鍵時刻因為跟車不及，跟丟了人。

民代後來提供了他助理完整的跟拍蒐證畫面，萬萬沒想到那竟是助理疑似跟拍不到而自行模擬的畫面。民代後來吃上官司，甚至斷送大好政治生涯。

我心中一直有個問號，如果當初我與攝影沒有跟丟人，拍到了關鍵畫面，那麼黑幕真相不就大白？民代若真是被助理所誤導，不也能洗刷冤屈？這是一個處理很不完美的新聞，一切關鍵就出在偷拍「沒有到位」，導致報導失焦、真相模糊。

人總是因錯誤而成長，因遺憾而謹慎，因受傷而懂得體諒。

能不以偷拍手段取得新聞當然最好，但當沒有人願意面對鏡頭證實與公眾利益相關的訊息時，新聞工作者就會以這些風險手段來完成新聞的必要之惡。

拿起鏡頭，提起筆，每個新聞瞬間都承擔著風險與責任，不管閱聽人是否看得見，大部分的新聞工作者都得笑罵由人，更無法期待掌聲響起。人生千百態樣，這世界的善惡對錯標準從來不是純粹的非黑即白啊！

新天鵝堡的死與悟

恆爺：

我走訪德國新天鵝堡時，在這童話般的山野中，一位老人突然在我面前倒下，當場死亡。這時突然想起，我也曾在同樣美麗的台灣深山中見證一場生命的消逝，但兩者心境完全不同。當時的我沒興趣去思考，一個人在感到將死之前會想什麼？是否充滿不捨與遺憾？如今面對這突然倒下的新天鵝堡老人，我好生感慨，因為他的離去比你更突然。

我不想老梗地下個「人要知足惜福」的結論，但的確感慨如果人可以決定自己生命的終點該有多好，起碼更懂得把握當下。可惜生死大權從不掌握在自己手裡，我們只能練習接受人生的無常。

2007.9 走訪德國有感

採訪檔案

◆任務：強烈颱風海棠來襲，從台北前往台中支援，報導民眾落水失蹤意外的新聞。
◆時間：二〇〇五年七月二十四日。
◆地點：台中和平鄉松鶴部落。
◆經驗值：第一次深入颱風災情山區採訪，遇見死亡。

豁出去的衝動

二〇〇五年夏天，強烈颱風海棠來襲，中部山區遭風雨蹂躪。由於公司的中部採訪中心人力吃緊，於是我被派來支援，一向跑政治新聞的我第一次面對了死亡新聞。

沒跑過颱風新聞的，幾乎不能叫做電視台記者，風雨愈大，便愈往虎山行。說不擔心自身安危是騙人的，但往往熱血上身，許多記者都有一股豁出去的衝動。而曾經也在新聞台衝鋒陷陣的恆爺後來退居二線電視台，原因就是不想再「豁出去」了。

我問：「不會覺得可惜嗎？」

恆爺嘆了一口氣。「跑夠了，也看夠了。」他的眼神掉進回憶裡，「我記得有一回颱風造成好深的積水，我為了拍到好畫面，站在不斷上升的水流裡拚命拍。最後好不容易扛著攝影機和腳架逃離了現場，當下我就告訴自己，這樣的日子過夠了，我要留點命陪孩子。」

「喔，原來如此。」我表面認同，心裡卻暗噓，那是對工作與自我要求的怠惰。

儘管海棠颱風來襲前一年，台視攝影記者平宗正才因拍攝納坦颱風新聞而殉職，當時媒體同業一陣錯愕感傷，也讓我想起與恆爺的這段對話，但感傷過後，我還是常常豁出去在做新聞，不只為了完成任務，還有那股「不甘心」或「想要挖掘更多真相」的念頭，這樣的催化劑往往讓自己忘了危險，甚至興奮莫名。

松鶴部落的光與暗

支援風災新聞的那天，中部中心傳來指示：「台中和平鄉松鶴部落的德芙蘭橋被水沖毀，一名男子落水失蹤還沒找到。現在馬上去現場看看，了解原因和現況。SNG車已經在現場待命，一有消息立刻連線。」

我感到戰戰兢兢，一大早便往山裡走，儘管天氣已經放晴，但沿路路況極差，落石不斷，再朝大甲溪看去，溪水滔滔，山河變色。

大約一個半小時，我們抵達被沖毀的德芙蘭橋旁。

只是，哪來的橋啊？

颱風雨勢夾帶前一天的德基水庫洩洪，大量的溪水有如猛虎般奔流怒吼，中間一個隱約露出水面約一百公尺的便橋，隨著虎水張口，涉入其中彷彿隨時會被活吞。

此時中部攝影同事走來。「得走到對面喔，失蹤男子的家就在對岸，聽說現在水量已經比昨天小很多了。」

「真的假的，這樣的水量還算小？」

「是啊，要快一點，已經有幾家媒體到對面了。」

我與攝影捲起褲管、穿好涼鞋，帶著採訪家當準備過溪。問題是，哪裡才是便橋入口啊？溪水與岸邊因為沖刷已經出現高度落差了。此時一位看似當地人的民眾朝我們指了指：「小姐，過橋要走這裡。」

仔細瞧一眼他指的方向，我們得沿著滾滾溪水攀過一大片脆弱岩壁，爬過不是路的路之後才可以通往橋頭。

我們小心地爬，好不容易來到便橋頭。我看著溪水湍急地越過便橋、往下猛衝，不禁深呼吸一口氣，加快腳步衝到對岸。涼鞋踩在水裡，颱風後的夏日沁涼直入腳心，我們三步併做兩步，啪啪啪地穿過被溪水漫溢的橋面，總算平安到岸。

在陽光的照耀下，受困多日的松鶴部落諷刺地宛如世外桃源。我向當地人打聽失蹤者的住處，來到一棟簡單的屋舍前，小小客廳早已擠滿了記者。

失蹤男子正值四十多歲壯年，老媽媽呆坐在椅子上，滿臉憂傷，但記者們不會陪著掉淚，因為中午十二點前就要截稿。大家趕緊湊前訪問：「阿嬤，別難過，究竟事情是怎麼發生的？颱風天兒子為什麼要出門？」

「家裡沒有肉了，我想吃肉，他說他要去買肉……」

原來落水男子出於一片孝心，卻連人帶車被剛剛便橋上的滾滾洪水沖走了。阿嬤還抱著希望，不斷喃喃地說：「希望沒事，希望沒事。」

失蹤男子是家中長子，與妻子離異，一家十一口住在看起來有點簡陋的房舍，平常靠抓魚為生，是個最懂水性的人，卻也消失在他最懂的世界裡。

生離死別的悲傷在小房間裡蔓延，但我克制自己不要投入情感，速速寫完這一則颱風災情新聞。

漏網新聞的挫折

趕完新聞後，我坐在路邊看著溪水思忖著：上午的新聞畫面還不夠「震撼」，也許應該再往山裡走。

向當地人探詢，果然狀況如我所想。當地人說：「前方幾百公尺的路都斷了，整條路全被落石封住，外面的人進不去，裡面的人也出不來。你如果要再往裡頭走，到下個村落還得走好幾個小時。」

不過我很清楚新聞台喜歡主動衝刺的記者，而我既然來支援了，就該「撩下去」不是嗎？正當我在猶豫的時候，中部中心的長官來電詢問：「現場還有狀況嗎？」

「看起來好像還好。」我回答。

「還有其他狀況嗎？」

我遲疑了半晌，還是主動提出我的想法：「當地人說前方道路已經被封住，我想爬進去看看。」

但長官回應：「沒關係，前兩天已經派人往裡頭走了，有進展隨時回報就好。」

「好。」我掛上電話，似乎鬆了一口氣，看著凶惡卻美麗的破碎山巒，竟然有點悵然若失。

想不到就在回程路上電話再度響起，長官告訴我漏新聞了，原來大甲溪沿岸還有其他災情！但我人生地不熟，事前根本沒有打聽到，現在只好一路苦苦追趕補破網，挫折感整個大爆發，當下我多麼願意再冒險回山裡攀爬落石，而松鶴部落老媽媽的眼淚更被我拋在腦後，再也沒有想起過。

我一直將這段支援颱風新聞的挫折放在心裡，提醒自己要更衝、更認真，就算後來因為工作疲憊而遠走英國，卻從未想過自己要改變工作價值觀，更遑論了解恆爺當年引退的心情。

新天鵝堡帶來的當頭棒喝

直到二〇〇七年九月，剛辭去工作的我走訪了一趟德國新天鵝堡，和朋友走在風和日麗的富森（Füssen）小鎮上，前方有位老人突然倒下，額頭撞地，血流如注。

老人失去意識的當下，看似太太的人不斷在身邊呼喊，手不停地拍拍臉、量量脈搏，聽到親友焦急地說：「他沒有呼吸了。」

我和朋友悄悄繞過他們身旁，不想被當成看熱鬧的民眾，繼續前往景點。回程再經過老人倒下的小徑，此時救護車停在他倒下的地方，一堆人蹲在地上，老人的臉已經蓋上白布。各國來的觀光客都沉默了，安靜地走過老人身旁。

此時，我的手很自然地伸進包包裡，拿起手機準備撥打，一旁朋友看著我問：「怎麼了？你要打什麼電話？」

我看著手機，呆了半晌說不出話，停頓三秒鐘後說：「沒有。沒事。」接著又把手機收回包包裡。

原來，當下我的反射動作竟是想打電話回報公司做獨家。當時我已經離職，自然不需要再做這樣的事，愕然的是，這反射性動作到底是怎麼回事？

我應該感慨的是這老人的死如此無常才對；也許這家人只是一趟年度家族聚會，或是歡慶與老伴的結婚周年，不管什麼原因，老人的生命突然在夢幻童話城堡旁走到盡頭，難道不值得感傷嗎？而我本能地淨想著關乎新聞的事，實在中毒太深。

我繼續默默走著，眼前美麗的山水逐漸變調，腦海中浮現出當時淚眼婆娑的六十多歲松鶴老婦人，我彷彿從被下蠱中清醒了過來。

滄海一粟的遙想

十年生死兩茫茫，非要等到塵滿面、鬢如霜，才能體會到真正的生命價值嗎？我甚至連松鶴部落的失蹤者是否找到都不知道。

突然非常思念在台灣我所愛的人，此刻恆爺「想陪伴家人」的話浮現腦海，原來無常人生需要有情的懸念。

我終於做了一件從沒做過卻早該做的事。風災後兩年，我上網搜尋當年採訪松鶴部落的新聞，一個部落格標題赫然躍入眼簾：「爸爸……我好想你」。心頭一震，好奇地點入查看，竟是當年失蹤男子的女兒把失蹤報導集結起來，其中包括我的報導。

她在自己的天地裡抒發對父親的思念，從她的文章我才知道，這男子的遺體在失蹤後第十三天才被尋獲，而她當時相當自責，因為在父親出門前為了小事吵一架，讓她至今懊悔不已，她在部落格中寫下：「一句對不起……父親已經永遠聽不到了。」

我默默點閱著她的文章，看著失蹤者的女兒曾經失戀、也曾上台北闖蕩，更令人不捨的是，她寫著每年的生日願望就是希望父親能再回來。

愈看愈慚愧的我頓時語塞情溢，想不到當年只是「今日事今日畢」地完成工作，卻是死者女兒紀念亡父的軌跡，而下筆前自以為是的報導，如今看來不過是浮光掠影。人果然得抽離後才能看清事情，還得讓自己脫離新聞場域，不再活在長官要求與收視率的數字裡，才知道如何讓報導有靈魂。身為記者的媒體魂與服務於哪家了不起的公司無關，當然也和你有多麼「豁出去」無關。

但我還是很慶幸，媒體的歷練能讓一個年輕人快速接受生命的無常與可貴，飛鴻雪泥卻扎實地留下痕跡，並從這些故事番外篇中淬煉成長，繼續向前行。

恆爺，我深深為你當年的抉擇感到開心。

儘管面對德國新天鵝堡這般美景，老人的猝死卻讓人心情備感沉重。

台灣山區受到天災、人禍的摧殘，許多昔日美好山河都已千瘡百孔，南投信義鄉神木村就是最殘酷的見證。圖中這個碎石地原本是車水馬龍、通往神木景點的道路，如今人煙罕至。

海棠颱風及災情事件簿

◆起源

海棠颱風是台灣二〇〇五年第一個登陸的颱風，於七月十一日形成，到七月二十日消散。這一年的台灣風雨飄搖，在同一年中竟有三個強烈颱風登陸，也是繼一九六五年之後第一次發生的少見現象。

◆狀態

此次颱風降下豐沛的雨量，造成中部山區橫貫公路多處道路中斷，上千人受困，松鶴部落是其中一個傳出嚴重災情的地方。至於台鐵，更是有史以來首次宣布各級列車全面停駛。農民躲不過大自然的威脅，東部與西部分別出現焚風和水災，導致農漁牧損失超過四十八億元。恆春半島也有六個鄉鎮大約二十萬人受困，其中包括數千名遊客，政府必須出動救援專機救援。

◆效應

強颱海棠在台灣造成十二人死亡、三人失蹤、三十一人受傷。值得注意的是，位於瑞芳的員山子分洪道在這次颱風中發揮了作用，讓長年飽受淹水之苦的汐止未再淹過大水。

媒體觀察筆記：新聞第一的危險靈魂

敢冒險的記者，往往扎根於新聞第一的靈魂。

深入險境是記者必須面對的工作環境，但你永遠無法確定自己是不是過了頭，直到危險真的發生，有時卻再也回不去。

二〇〇四年十月二十五日，納坦颱風來襲當下，台視攝影記者平宗正為了拍攝即將啟用的員山子分洪道，當時與四名記者受困暴漲的河水中，三個人即時抓到救援人士丟的救生圈，但平宗正擔心攝影機泡水，兩手始終高舉機器，最後被水沖走，因公殉職❶。

消息傳來，我正在防災應變中心採訪，現場新聞同業們全都沉默了。

新聞工作者從來沒有颱風假，我記不得究竟有多少回在風雨交加的清晨出門上班。颱風無情難料，天災新聞得靠人命來拚搏，不管平日主跑什麼路線的新聞，颱風來襲當下，哪裡風雨最強，就得往那裡去。

如何在採訪當下顧及安全？在平宗正事件發生後，政界、學界與媒體界掀起一陣檢討聲浪，甚至弄了一套記者採訪的安全規範，問題是，當颱風又來的時候，誰能預料下一秒的天災現場會發生什麼事？為了讓自己能夠堅定地繼續工作，一種「新聞第一」的自我防衛機制就自然地上了許多記者的身，不只為了達到公司的採訪要求，也因為在面對那些真真切切的窮山惡水時，想著有人正在受困、甚至不知生死，想著自己的採訪任務或許就是災民的一線希望，當下真的會忘了自己而奮不顧身。

不少記者自嘲有被虐狂基因，才能在一次又一次的辛苦與疲累中，看到新聞工作殘酷的浪漫。這份浪漫有時宛如嗎啡，讓安全懸命著自己燃燒新聞魂的任性裡。

記得台北市政府剛開始推廣城市無線上網時推出了一個平面廣告，畫面中的演員們坐在離河面約一百五十公尺高的橋上，拿著筆記型電腦上網，雙腳懸空，下方是奔流的河水。

我看到這個廣告第一個的念頭是，這些演員也太拚了吧，就算可能是合成畫面，但呈現的效果是否對社會大眾造成不良示範？倘若有人真想這樣感受一下，那還得了？果然，當我訪問民眾時，真的有人躍躍欲試。

為了呈現這樣有多危險，我拿著筆電跑到廣告中的橋墩上坐著，對著鏡頭說話：「現在帶著筆電上網已經是一件很平常的事，不過如果是在這個地方上網，會不會危險了點？」

天知道我當時也害怕得不得了，但一心只想呈現出畫面，忽略了自身安全，更忘了自己也在對閱聽人做出錯誤示範。

事過境遷，很多成長都是在錯誤發生後才會體悟，尤其在這個一切講求快速的產業中，記者與媒體都會不小心犯錯，錯誤不大時就成了經驗，記取教訓後得以成長與傳承；但當錯誤大了，再回頭就已是百年身。

許多前線的新聞工作者後來選擇離開這個產業或退居幕後，當個安分守己、朝九晚五的上班族，對於曾經走過的那些化險為夷的過往，常常比同齡者有更多知足惜福的感慨。

不過，血液裡頭的新聞魂仍是一日為記者，終生難抹滅了。

❶ 參財團法人卓越新聞獎基金會之整理報導，《平宗正事件（2004）》，二〇〇九年二月十三日，http://www.feja.org.tw/modules/wordpress/index.php?paged=9。

我在布里斯托的逃亡

恆爺：

我得跟你報告一下，在你離開人世四年多，我終究成了媒體逃兵，辭去工作來到英國留學。之所以下了這個決定，是因為我愈活愈惶恐，因為我心中始終存在著對你的承諾：我三十歲時要回答你是否還想活下去。時限將至，我驚覺自己還沒去過埃及，也沒到過希臘，我的人生除了工作，經歷少得可憐，我簡直是以逃亡的心情離開台灣的。逃亡前，我每天跑新聞、播新聞，睡覺也夢新聞，壓力累積到一個瓶頸，現在還三不五時夢到我在凱道倒扁現場憋著一天的尿無法如廁。

人生要追尋的精采是什麼？我不想每天在風吹雨淋的凱道前度過，想去英國當個咖啡妹，這樣算是失敗的人生嗎？迎向而立之年，我還在尋找答案，目前我可以確定的是，當我打開英國宿舍窗戶，看見一隻狐狸蹦蹦跳跳地穿過草原時，心中猛地湧現一陣狂喜，我感到只要看到這個畫面，似乎一切都值得了。

2008.1 寫於英國布里斯托

採訪檔案

◆任務：倒扁新聞的主線採訪與轉播。
◆時間：二〇〇六年八月至十一月。
◆地點：凱達格蘭大道與台北車站的新聞連線點來回。
◆經驗值：記者生涯中連線頻率最高時期，一天最高紀錄連線五十次，平均每十五分鐘就連線一次。

布里斯托的靜與噪

二〇〇七年八月四日，到達英國布里斯托的第二天下午，在學長姊的指點下，我獨自一人從宿舍出發，因捨不得花公車錢，於是來回走了六公里的路，到超市採買生活用品。

回程的路上，太陽熾熱得讓人睜不開眼。我吃力地拎著幾個超市大提袋，明明手很痛，卻不好意思放下在路邊休息，硬是撐著沿帕克街（Park Street）、白女士路（White Ladies Road）的連續坡路往上爬，經過英國廣播公司（BBC）在此的電視台分部時，我忡忡看著，還說不出離開媒體工作是什麼滋味。不久前，我還在新聞第一現場打拚，如今卻恍如隔世。

我依然沒有停下腳步，繼續穿過一片大草原，來回總共花了四個多小時，終於回到宿舍。

我倒在宿舍床上，大嘆一口氣，疲累地閉上雙眼卻睡不著。我來到英格蘭西南方最大城市布里斯托攻讀國際關係碩士，這是一所與牛津、劍橋、倫敦政經學院並列頂尖的學校，但在台灣除學術界人士，知道的人並不多。

不過我不是為了學位的附加價值來的，而是為了逃亡。

種下我逃亡種子的，正是二〇〇六年入秋的倒扁運動，它讓我一度失去上廁所的自由，心靈緊繃的弦差點斷掉。

或許有人會問：失去上廁所的自由？這是哪招？

這得從倒扁新聞的特殊性開始說起。

精神與體力的交戰

台灣解嚴之後，電視新聞台蓬勃發展，「倒扁事件」可說是少見的大規模串連與轉播，而我當時被指派主跑倒扁主線新聞。

那段時間的工作型態大概是這樣的：連續幾天下午一點半上班，半夜兩點下班，好不容易休息一天，接著又連續幾天從清晨六點一直工作到晚上七點半。

作息紊亂、體力透支不在話下，最該死的是倒扁現場的雨幾乎未曾停過。根本不用穿高跟鞋或辣妹裝，也不用化上美美的妝，每天就是穿著歐巴桑涼鞋和短褲外加雨衣，反正不管怎麼穿都會淋溼，而臉上的妝不到一個小時，也統統被雨水洗乾淨。

其次，這起事件中的「靜坐」活動可是一點也不安靜，除了高喊口號、激昂演說，再加上空檔時間不斷播放倒扁歌曲，三不五時還來個現場開唱，就算我的聽力沒有嚴重受損，精神也快被長期的巨浪聲響搞到崩潰。儘管如此，阿扁還是沒有下台。

精神與體力的交戰還不夠，各家新聞台鋪天蓋地大做倒扁新聞，一個小時至少連線四到五次，一天下來可以連線五十次，二十幾天下來，連線達上千次，日日夜夜、夜夜日日，最傷的是喉嚨，往往到了晚上已經不知所云，聲音不僅分岔沙啞，還低了八度，有磁性的咧。

失去上廁所的自由

作戰現場的記者終日枕戈待旦，然而一般民眾收看電視時，又怎會想到我們要如何解決吃喝拉撒這些生理需求？極度忙碌之下，上廁所成了工作時最大的困擾。還記得二〇〇六年九月九日、倒扁靜坐正式開始第一天，我在下午一點半站定之後就沒再移動過。不是我不想移動，而是根本沒辦法動作，因為不間斷的SNG現場連線讓我跑不了廁所。

到了晚上七點，實在受不了了，連完線後便趕緊向導播要求讓我去解放一下。一獲得恩准，我即刻衝出人牆，往流動廁所方向擠去。平常只要十秒鐘就可以走到的距離，卻因為凱道上滿滿的人潮，硬是花了我十分鐘。好不容易終於擠到廁所前面，每一間卻都排了長長的人龍，我只能耐著焦躁趕快排隊。

此時，倒扁運動總指揮施明德朝著流動廁所走過來，人群自動讓出一條通道，也讓出一間廁所，於是他就這樣走了進去。

我羨慕地看著他，因為我不是總指揮，沒有人會讓廁所給我，但時間一分一秒過去，好不容易前面只剩下兩個人，這時候耳機又傳來聲音：「連線啦、連線啦，快回來啊！」

我大嘆一口氣，再望一眼又髒又臭又無緣的廁所，只能無奈地回頭。

這樣的戲碼三不五時就會上演，我後來學聰明了，有時跑到離凱道有一段距離的二二八公園上廁所，那裡的人沒那麼多，速度會快一點。

我在倒扁運動最緊鑼密鼓的第一個月就是這樣煎熬的，不過這上廁所的戲碼還有更脫軌的演出。

逃亡種子萌芽

二〇〇六年九月十五日，倒扁總部展開圍城之役，試圖發動百萬人上街頭螢光遊行嗆扁。

發動時間在傍晚六點，我照例已在凱道前守候一整天。隨著時間愈來愈逼近圍城轉播，我的膀胱卻很不爭氣，脹到我實在憋不住。

向導播報備後，我看看時間，下午五點二十分，嗯，距離開播還有一段時間。我先往流動廁所方向看去，依舊大排長龍，我當下立刻往二二八公園衝擠過去。

但那天的圍城聲勢太浩大了，館前路上也湧進了滿滿的民眾，我愈擠愈覺得不對勁。好不容易擠到二二八公園的公共廁所時，不禁哀嚎一聲，排隊上廁所的隊伍已經延伸到捷運站口了。

我開始緊張，試圖把握僅剩一點的時間，往公園另一頭找廁所。此時我雖然氣喘吁吁，意志卻相當集中，目標就是：我－要－上－廁－所！

正當冒雨在公園裡衝來衝去時，刺耳的耳機聲又響起：「快回來啊！家裡要連線了！快啊！」

衝刺的腳步頓時有如賽車甩尾般，我當下一百八十度大轉彎，望著淒風苦雨的二二八公園，我只能憋著尿往回跑。

看著在雨中漫步的情侶及躲在涼亭裡下棋話家常的人，剎那間心裡的淒苦又多了一點點；好羨慕他們，起碼還有上廁所的自由。

街頭倒扁運動讓我早已算不清憋了幾回尿，又有多少次體力不支，休息的念頭漸漸成形。

我暗想，也許「逃亡」是邁向三十歲後的人生正確的第一步。於是，我決定飛向英國布里斯托。

但當時一位政治圈友人在我出國前對我說：「記住我的話，你會後悔的！」

我不服氣地回瞪他：「有什麼好後悔的？」

「你現在又是記者、又是主播，有重要的採訪路線和公司栽培，你一離開，馬上就會有人補位啦。等你回國，從零開始，什麼都沒了，這就叫做『職場現實』。」

我何嘗沒有想過這點？可是我想找到三十歲後快樂與成功的意義。

狐狸的衝擊

記得恆爺曾經送我一片吉他大師吉姆克勞契（Jim Crose）的CD，「他是個傳奇人物，做過卡車司機、店員，還因為打工造成手指受傷，身體有了缺陷，卻還努力研究出不影響彈奏的指法，成了民謠吉他大師。但很可惜，他只活了三十歲。」

「好可惜。」我回答。

恆爺繼續說：「是啊，人要懂得及時行樂。好好想想你確定要走新聞業嗎？既沒有生活品質，還得拿健康換金錢。你看我，時間全投入了工作，失去好多啊！但話說回來，」恆爺正經地說：「如果你選擇走下去，既來之則安之，就好好感受媒體工作的酸甜苦辣吧！」

隔年的恆爺與吉姆克勞契同樣英年早逝，他的這番話反覆在我腦海迴盪至今。

結果，我在布里斯托的大部分生活除了念書，就是上超市、做飯，偶爾去酒吧喝個小酒、聽音樂，一有假期就想辦法來個窮學生遊歐旅行，一切自食其力。而為了想要多一些收入，還跑去餐廳打工當小妹，完全拋下過去的新聞人光環。

當我在幫客人收碗盤、擦桌子時，並不覺得自己的人生很失敗。然而在別人眼中又是怎麼看呢？

某個夏日午後，英國的空氣瀰漫著乾燥的草香，我走到窗邊深呼吸一口氣，突然看到了狐狸。對英國一無所知的我一時愣住了。那是狐狸？是狗吧？

我以為自己眼花了，但那狐狸日後在我宿舍附近又出現好幾回，我這才知道英國許多地方，在街頭看到狐狸比看到流浪狗更稀鬆平常。

我自以為視野很寬廣，其實根本沒有真正見識過這個世界。

對於三十歲以後的人生，也許很多人睜大眼睛關注的是薪水有多高、頭銜有多大，而此刻我在乎的卻只是安靜地體驗人生。

恆爺啊，我還沒有參透。

評價自己的人生

直到二〇〇九年，在金融海嘯的衝擊下，我帶著「不能再浪費時間」的心態與問號，終究還是回到媒體圈。

二〇一〇年的某一天，面對三十歲後的茫然與沮喪，我坐在台北市仁愛路巷弄裡一間日本居酒屋裡，而我的對面正是施明德。

這場餐敘中，施明德談著笑著怨嘆著也意氣風發著，尤其對於許多人埋怨他當年未帶頭衝進總統府，仍有滿滿的不吐不快：「如果當時我衝進去，讓阿扁有機會把反貪腐轉變為藍綠或統獨的戰爭，搞得天下大亂，我將成為更大的罪人。」

有人將他視為政壇悲劇的失敗者，也有人把他奉為浪漫理想的成功實踐家，他的浮沉人生是公開的，外界可以任意評價他的成敗。

但重要的是，他如何評價自己走過的路呢？

席間他送了我與友人兩本書，我打開書頁，映入眼簾的一行字讓我眼前一亮，似乎給了我部分答案：

逸卿小姐，信心是生命中最強烈的魅力與智慧。施明德 2010.10.13

我抬起頭，與施明德對上眼，兩人似乎心領神會地相視而笑。

不管曾經傷痕累累或是被捧在手心上，不管是在布里斯托或在新聞現場，人生的評價都應該是自己給的。

我眼前又浮現那隻在草地上蹦蹦跳的狐狸，若有所悟。

來到英國布里斯托留學不是為了學位，而是為了逃亡。我提著大行李經過大草原，只想回歸最簡單的學生生活，完全拋下新聞人的光環。

倒扁抗爭運動移師台北車站之後，採訪工作經常是清晨六點鐘便需就定位連線。

倒扁運動事件簿

◆起源

在二〇〇四至〇八年陳水扁總統第二任期內，第一家庭涉嫌貪汙而引爆的社會運動，由前民進黨主席施明德發動，訴求陳水扁下台。

◆型態

施明德發動百元募款籌措倒扁經費，從二〇〇六年八月十二日在二二八公園召開記者會宣布倒扁開始，歷經九月九日凱道靜坐、九月十五日圍城之役、十月十日總統府前天下圍攻，到倒扁全台遍地開花，倒扁風潮如巨尾紅龍橫掃全台。直到該年十二月，施明德展開自囚，改變倒扁型態，街頭運動遂告結束，倒扁熱潮退燒。

◆效應

這起運動可說是國內電視媒體少見的大規模轉播報導，也引起國際媒體的關注，但陳水扁最後並未下台，也重挫了倒扁士氣。雖然訴求號召「反貪腐」，以「和平，非暴力」為街頭運動的指導原則，然而在當時的社會氛圍下，倒扁激情一度將社會帶入暴力邊緣。儘管未發生真正的大規模衝突，但零星衝突不斷。由於運動延燒數月，眾多警力終日鎮守維持秩序，一度還發生警察過勞猝死的悲劇。

媒體觀察筆記：你我都是收視率的共犯結構

倒扁風雲期間，全台灣的新聞彷彿只有這件事，其他的國際、社會、民間消費等消息統統不見了，這當然不符合新聞的比例原則，但為什麼新聞台還能做得如此鋪天蓋地？

說穿了就是因為收視率，只要觀眾膩了，倒扁新聞的比重自然會降低。

是的，閱聽人早就罵翻了這種以收視率為依歸的現象，但為什麼媒體始終厚顏不改呢？

這其實就是媒體內部的無奈。

二〇一二年五月，我播到一條新聞，內容是一個國小男童每天為了照顧重病的媽媽，學校午休時還趕回家幫忙家務，之後再衝回學校上課。小小年紀的他不喊苦，只希望媽媽的病趕快好起來，讓他能夠再一次好好地在媽媽懷裡撒嬌。

這條新聞令我鼻酸，認定閱聽人應該也會有相同感受，想必這樣的社會關懷面報導會帶來收視率吧？

但隔天收視率出爐，這條新聞在我當節的播報時段中，從原本平均每分鐘零點六的收視率數字，腰斬到只剩下零點三四。我很不解地跟編輯發牢騷：「這條新聞不好看嗎？大家對小男孩的遭遇都這麼無感嗎？」

編輯只能無奈苦笑。

新聞部每天從上到下無不像揣測情人的心意一樣，努力猜想閱聽人下一分鐘想看什麼，從經驗中摸索，編排新聞大菜。只是不管當天多麼有自信地端出拿手菜，只要收視率報表出來，數字表現不佳，一切努力都是枉然。

我不是要為電視台「以收視率為依歸」的生態辯解，而是希望大家了解，在這樣的現實環境下，媒體人如何在現實與理想中找到平衡。

所謂的現實就是廣告收入，這是新聞台的命脈，而決定廣告主下單的指標即為尼爾森收視率表現，如果長期收視率不佳，廣告主自然減少下單。公司的財源沒了，誰還做得了新聞？新聞的確被收視率綁架了，但決定收視率高低的並不是新聞台，而是手握遙控器的人。矛盾的是，閱聽人又指著許多高收視率的新聞說：「這些都是垃圾新聞！」

這宛如鬼打牆的無解習題究竟是怎麼回事？以我個人「沒有學理依據，純粹實務觀察」的思維來看，其實台灣的收視率怪象，就是電視台、尼爾森與閱聽人之間的共犯結構。

閱聽人收看新聞時有兩種面向，一種是閱聽人「該知道的」新聞，像是國際大事、政治動向、科技新知或民生消費訊息等，這類往往是閱聽人經過理性抉擇後希望從新聞中獲取的知識，亦即一般大眾認為電視台應該播出的新聞，較具公眾利益與教育色彩。另一種則是「想知道的」新聞，此種新聞類型有更多能夠滿足閱聽人感官刺激的腥羶色報導，在收視率表現上普遍不錯，卻常遭民眾批評報導太多。

問題是，當電視台大氣魄地做了許多民眾「該知道的」新聞，收視率卻不買帳，而其他競爭對手僅是播了小小的八卦新聞就收視狂飆。電視台的窘，有誰能明瞭？

台灣這個蕞爾小島擁有八個二十四小時播出的新聞台，數量之多可說是全球之最，新聞台之間的競爭也是全球最激烈，然而勝負的依據卻只有尼爾森收視率。如果光是對電視台揮舞道德大旗，呼籲媒體寧可不賺錢也該播出沒有收視率的重要新聞，恐怕是一種隔岸觀火的高調。

更務實來檢視這個問題，台灣的新聞台究竟能做出什麼樣的改變？

在尼爾森收視率仍是目前唯一評量的標準之下，新聞台不得不以此為依歸，然後從中求取新聞質感的增加。譬如國際新聞的收視表現在各節新聞中往往不討喜，於是改以「專題報導」的方式來呈現，培養收視觀眾群，長久下來，閱聽人就會知道什麼時候可看到重要的國際新聞報導。不少新聞台已經在做這樣的努力。

那麼閱聽人可以改變這個亂象嗎？當然可以。當大家（尤其是尼爾森收視戶）願意停留在所謂「有深度又想了解」的新聞久一點，讓結果反映在收視率數字上，新聞工作者們絕對樂於不再掙扎做那些所謂的「垃圾新聞」。

或者我們可以期待，未來在評估新聞媒體經營績效的工具能夠更多樣化。台灣大學新聞所副教授林照真曾提出一個思考觀點，現今作為新聞收看主要依據的尼爾森收視率調查其實是一種廣告調查，廣告主不會看新聞內容物是什麼，因此若將廣告調查的工具與邏輯，拿來作新聞內容調查的參考架構，其實並不精準。[1]

收視率的「共犯結構」只要有一個環節鬆動，就有改變的契機。想要看什麼樣的新聞菜餚，從今天起，閱聽人別再被動接收了，你會發現，其實自己也能主動改變閱聽世界。

讓我們一起努力。

[1] 參林照真著，《收視率新聞學：台灣電視新聞商品化》，台北：聯經出版，二〇〇九年，頁二八九。

內蒙古西遊記

恆爺：

在你過世將近七年之後，我去了一趟零下二十度的內蒙古呼和浩特出差，那裡的冷很像過去和你一起爬玉山的感覺，當時我甚至得了高山症，卻還拚命往上爬，十足的初生之犢。

我常常得靠過去那不顧一切的衝動來提醒自己，缺陷是人生的常態，但能創造回憶的完美。就像在內蒙古冷到罵髒話的fu，不會是一種生理上的完美體驗，卻是精神上的昇華，因為我又經歷一次人生未曾有過的感受。謝謝你總是適時在我腦海冒出來，提醒著我就算美景如織，也比不上一顆豐腴的心。

2010.1.24 內蒙古回台有感

採訪檔案

◆任務：二〇一〇年二月至五月，台灣故宮博物院推出「黃金旺族展」，展出契丹珍貴出土文物。為配合展覽，在主辦單位的安排下，前往內蒙古呼和浩特拍攝，並採訪即將來台展出的古文物。
◆時間：二〇一〇年一月十九日至二十三日。
◆地點：呼和浩特市的內蒙古博物院。
◆經驗值：第一次到零下二十幾度的地方採訪，也算是一種自我挑戰極限。

另類「塞」事

所謂「塞外風光好」，我這趟內蒙古差事一開始讓同事羨煞不已，但知道詳情後就只剩祝福了。過程是這樣的：

同事：「你要去內蒙古，好棒喔！會去住蒙古包嗎？」

我：「沒有耶。」

同事：「好可惜。那有機會騎蒙古馬吧？」

我翻開採訪行程看了看。「應該也不會。」

同事：「有機會看到大草原嗎？」

我：「真的不知道，我的行程只有在呼和浩特的內蒙古博物院裡。」

同事：「你們出差幾天？」

我再看看那簡單不過的行程表：「四天，扣掉第一和第四天來回，兩天都在博物院裡拍攝古文物、採訪考古人員。」

同事：「那裡很冷吧？」

我：「之前看新聞，外蒙古冷到零下四十度，內蒙古大概也有零下二十度吧！」

同事沉吟了半晌，眼神流露出些許同情：「祝你旅途愉快。」

邊疆城市的文化反差

為了配合二〇一〇年四月在故宮展出的「黃金旺族展」，我應主辦單位的邀請安排，在最豪邁剽悍的古代邊疆進行最安靜有氣質的採訪。

我的行李除了禦寒衣物，還帶了一本詩人席慕蓉的詩集《七里香》，看看寫稿採訪時能不能多點靈感。

呼和浩特就是以前地理課本所教的「歸綏」。根據中國社會科學院的報告，呼和浩特是中國大陸綜合競爭力名次上升第二快的城市[1]。但一如所有發展中的城市，飆速的經濟發展就像進入青春期無法控制往上抽高的少年，還在快速的生長速度下尋找與文化養分間的平衡與融合。

所以會看到新大樓一棟接一棟蓋，公司行號或住家卻進駐得稀稀落落。此外，還會看到民眾來博物院接受傳統文化洗禮，然而與博物院比鄰而居的，是上映最新好萊塢院線片的電影院，兩種文化反差頗大。隨處可以喝到酸奶或馬奶酒，但在我造訪的當下，全市只有一間下午會打烊的咖啡廳，在追求西化的路上，文化習慣其實仍然根深蒂固於在地人的心中。

採訪第二天，我和攝影搭檔待在博物院文物室裡拍著上百件珍貴的契丹文物時，心中暗暗感到焦慮，因為對電視人來說，有好畫面才有好故事，而這些千年靜物儘管散發著歷史氛圍，卻都不是活靈活現。

但其實古物背後的故事是很精采的。以「陳國公主」來說，這位歷史上不被記載的人物在二十世紀考古人員挖掘到墓穴後，才發現她竟是歷史故事「楊家將」中赫赫有名的蕭太后的親孫女，十六歲時嫁給自己的舅舅。發現公主時，她的臉上帶著一張令人發毛的黃金面具，身體還被銅絲網絡緊緊包覆，看似有些詭異的千年古墓與文物彷彿在訴說什麼祕密。

為千年文物說故事

既然古墓與文物不會說話，那麼我們就想辦法讓受訪者講出好故事。

「為何帶著黃金面具？」我在博物院的院長辦公室裡採訪院長塔拉時問道。

塔拉留著一臉大鬍子，身材壯碩，看起來就像成吉思汗的子孫。

「有很多說法。一說是契丹風俗，契丹人過世後並不會立刻下葬，身軀可能會腐爛，所以面具是為了『遮醜』用。另外，」講話中氣十足的塔拉笑笑，「按照這種葬俗，這樣死者的靈魂就不會跑了、走了。我們有句話叫『靈魂出竅』，靈魂一旦出去回不來，投胎之後就變成孤魂野鬼了。」

現代化的辦公室裡，在塔拉生動解說下，彷彿流動著千年氣旋，只是真實世界的考古劇情畢竟不若電影來得驚心動魄。於是我又去訪問了內蒙古文物考古研究所的孫建華女士，她是考古界傑出的女研究員，曾經深入墓穴，是個講話精準的人。

「陳國公主怎麼死的？」我問。

「她是病死的。」

❶ 根據中國社會科學院的《全球城市競爭力報告（2009-2010）》比對二〇〇七至〇八年度的指數排名而得。參新華社李浩燃、王茜報導，〈中國城市綜合競爭力提升迅速〉，二〇一〇年七月十五日北京報導。

「死時多大年紀？」

「墓誌記載她死時十八歲，陳國公主在公元一〇一八年過世。」

「我看了一下資料，墓穴裡是公主與駙馬合葬的，那駙馬呢？」我繼續追問。

孫女士的語氣平穩：「駙馬的墓誌中並未記載他死亡的時間，只說他比公主早逝。駙馬的年齡也沒有記載，我們根據出土的牙齒鑑定，駙馬死亡的年齡應該在三十歲左右。」

「那……公主這麼年輕就嫁給她舅舅，是兩情相悅還是貴族通婚下不得不如此的無奈？」我很想加進一點「人味」，但受過專業考古訓練的孫女士依舊只是嚴謹地據實回答：「這部分從墓誌看不出來，歷史也沒有紀錄。」

訪問到一個段落時，我陷入天人交戰。雖然訪問了一堆優秀專家來說故事，空有好的說書人、好題材與好演員，卻沒有好的取景，再怎麼原汁原味的故事也會走味。我的「陳國公主」必須要有更實在的場景才行。

古墓拍攝大作戰

正在傷腦筋時，冷冰冰的博物院廁所意外地振奮了我。

洗完手後，迅速伸向乾手機烘乾雙手，抬起頭，無意間看到乾手機上的字，不禁噗哧一笑，原來乾手機上寫的不是「乾手機」，而是「全自動『幹』手器」。為了發揮求證精神，我還請攝影搭檔上男廁時也確認一下，原來「乾」與「幹」二字在大陸與台灣皆屬同義，只是字體與讀音的差別，讓我這無知的人大驚小怪起來。

這小事也提醒了我，驚喜往往發生在計畫之外，想要更完美，不多試一下行嗎？我硬著頭皮向博物院人員提出「尋找古墓」的請求。「不好意思，我們的採訪畫面真的很需要到戶外取景，有可能調整院內古文物拍攝與採訪的時間，去走訪任何一個古墓嗎？」

「這樣啊，可是最近的古墓路程很遠，當天根本沒辦法來回。」大家一起跟我傷腦筋。

「對了，可以去昭君墓啊！」有人提議，「這是呼和浩特著名的觀光景點，來回有一段距離，不過因為在市郊，路程還是近一點。」

就這麼決定。我們把握有限的時間，往昭君墓的方向駛去。車子停在一處空曠的廣場，我與攝影搭檔興沖沖地拿起工作器材下車，頓時兩個人都呆住了。

原來二十一世紀的觀光景點早已處處雕梁畫棟、小橋流水，哪裡還保留了一千年前的剽悍大漠痕跡?!

由於廣場很冷、時間又少，失望的心情沒空寫在臉上，我們以最快速度掃視整個昭君墓。在處處人工斧鑿的痕跡下，我們注意到最裡邊有個隆起的丘陵，上頭覆滿黃土、石牆、枯樹，還有一個制高點，不知道在這制高點的另一端，會是一個充滿大漠氛圍的場景嗎？

拋下兩旁的室內展覽暖氣房，我們捨棄一般人會選擇的景觀道路，改而走往另一個風景。

冷風中的NG報導

來到制高點上，冷空氣毫不留情地襲來，我趕緊往遠方看去，可是再度失望。眼前不見金色大漠，更沒有蒙古馬奔馳其中，一片光禿禿的曠野倒見幾棟好似違章建築的屋舍。

不僅如此，站在差強人意的景點，工作狀況百出。攝影搭檔冷到雙手麻木，連架設機器都不聽使喚，我則是臉頰與牙齒不停打顫，頻頻NG：

「事實上，許多遼國貴族的墓穴都已經被盜墓者盜採一空，不、不、不過……」

「沒關係，五四三二一，再來。」攝影搭檔比了手勢。

「事、事、事實上……媽呀，又NG了！」

「沒關係，五四三二一……」

「等等，我的鼻涕流下來了。」我想拿出衛生紙，但遍尋不著。

「好冷啊，快點啦。」

「好啦，鏡頭前應該看不出來。來吧！」

「好，五四三二一……」

我再說：「事實上，陳國公主的墓穴ㄏㄥˇ幸運……」

「是『很』吧！」攝影搭檔提醒我。

「唉唷，我的鼻子塞住了啦！好，再來。」

「呼！受不了了，我先抽根菸。」

「嗚——我想喝星巴克，好冷啊！」

「好了好了，再來！」

在瘋狂NG十幾次之後，開場白總算講完：「陳國公主的墓穴很幸運地被埋藏在土石堆下，一直到公元一九八六年的時候，才在很偶然的機緣下被發掘出來，這也才揭露出一段不為人知的遼國歷史故事。」我手拿著麥克風，鏡頭前看似氣定神閒地邊走邊摸著旁邊的土牆，凍僵的嘴角總算聽了使喚。

「ＯＫ！」攝影搭檔鬆了一口氣，但立刻又開始在附近找下個取景點。我趁機翻找包包，找出衛生紙來擤鼻涕，鼻子立刻紅了一塊，接著又拿出粉撲拚命壓，希望鏡頭上不會看出我的狼狽樣。

取景、ＮＧ、取景、又ＮＧ……，天氣實在太冷，太陽沉落得太快，我們急得如熱鍋上的螞蟻，眼看兩個半小時過去了，雙腳早已因冰凍而失去知覺。

「為什麼這麼不順啊啊啊啊——」在攝影搭檔找尋另一個取景點而消失在我前方時，我看著遠方一點都不古代豪邁的房舍，突然崩潰般地對著空氣鬼吼鬼叫。

冷風呼嘯幾乎淹沒我的聲音，此時腦海中浮現我初出茅廬唯一一次與恆爺一起出差的情景，當時也是這麼冷。

大自然的冷酷

當時我與恆爺跟著一群佛教人士攻頂玉山，三天行程中，我不僅體力差，還得了高山症，恆爺卻總能扛著攝影機在狹窄山路上穿梭，甚至在最險惡的路段前進時，別人得靠雙手攀爬的石塊，他只憑單手攀爬，並在陡峭結霜的石塊上來個一百八十度轉身，驚險地回頭拍攝行徑中的人物側寫。

二十多歲的我得了高山症，一路上只能氣喘吁吁地看著恆爺背影。

恆爺只有一次回頭關心我。「孩子，還好嗎？撐得住嗎？」

我硬是逞強著說沒問題，告訴自己「意志」這兩個字裡都有一顆「心」。但強烈的嘔吐感與缺氧的濃濃睡意，還是讓我幾乎失去意識。

好不容易成功攻頂，我已經全身癱軟，只記得恆爺當時像個孩子般興奮地與受訪者一起揮舞隊旗，喊著下次還要再來。

在零下二度的玉山上，我首次領教了大自然的冷酷，它像個愛玩積木的孩子，要疊高、弄亂、要生、要死其實沒什麼道理，隨它高興。

再回首壯闊山巒來時路，無風雨也無晴，記憶中只有一份殘缺的完美回憶。

如今我彷彿聽到恆爺在我耳邊說：「內蒙古？不錯啊！我想都沒想過會去那裡。既來之則安之，來了就該知道要為自己說什麼故事。」

麻木的手抽動了一下，突然意識到手裡還緊握著麥克風，只不過已經不是玉山的那一支。

「喂，快來。」不遠處傳來攝影搭檔的呼喊，我愣愣地再望一眼不甚夢幻的二十一世紀曠野。

「來了。」我拉緊圍巾，小跑步至前方與攝影搭檔會合，離開昭君墓。

冷夜暖酒後的最美時刻

當晚院長塔拉帶著大家吃飯，蒙古傳統馬奶酒一杯下肚，冷夜暖酒，讓我這遠來之客汗顏起來，明天就要打道回府，而我還不知道塞外究竟吟唱什麼調。

回到旅館梳洗完畢，坐在床上按摩冰凍腳趾時，我想起席慕蓉的詩集，便隨手翻了起來，剛好翻到著名的〈一顆開花的樹〉：

如何讓你遇見我
在這最美麗的時刻　為這
我已在佛前　求了五百年
求祂讓我們結一段塵緣

我反反覆覆看著、想著，似乎體悟出了些許滋味。

十八歲蒙古公主的愛情在千年之後成為我的工作任務。博物院取代了蒙古包，馬奶酒的滋味更勝星巴克，車水馬龍的街頭不需要蒙古馬馳騁，誰說陳國公主的一生不如大名鼎鼎的成吉思汗來得精采可讀？

當你走近　請你細聽
那顫抖的葉是我等待的熱情
而當你終於無視的走過
在你身後　落了一地的
朋友啊！那不是花瓣
是我凋零的心

我在自己原本貧瘠的心靈荒土上，因別人灌溉給我的養分而逐漸茁壯，人生夫復何求？就算行程不完美、靈感很有限，但說故事的人又怎麼會輕易地讓故事裡的人物凋零？

凋零的容顏，不凋零的生命

隔天在僅剩的半天採訪時間裡，我拉著博物院副院長傅寧在院裡繞啊繞，最後定在一副「棺床」前，我指著這不起眼的棺床問他：「這棺床是做什麼用的？」

「契丹有夫妻合葬的習俗，當一方過世、等待另一半的過渡期時，棺床就是暫時擺放遺體的地方。」千年珍貴的祕密從他口中說出來，就好像青菜豆腐的存在般理所當然。

「只有契丹人才會這樣嗎？」

「這種葬法在內蒙古東部、契丹人活動的範圍內很常見。」

「這麼久的時間，棺床都不會腐壞？」

傅先生很有耐性地向我解釋：「這是用柏木做的，材質固然有關，但更多是受到氣候影響，冷而乾燥嘛！」

「當初發現就是這樣嗎？」我看著這如廂型車大小的棺床，難以想像這樣的東西可以存在那麼久還完好如初。

「發現時已經支離破碎，這是我們根據可能的形狀一片片重新拼湊起來的。」

棺床的外形其實就像一間小型木屋，門有些矮。我彎身往裡面看去，深呼吸一口氣，環顧四周，柏木打造的往生者住所裡有一張毫不馬虎的床。

這就是我要的了，我和陳國公主超越時空的交會點。

我想像這是公主前世今生的終點與起點。我走近棺床，轉身，開門，對著鏡頭開始訴說一個過去不曾知道的故事：「打開這扇門，裡頭就是契丹人長眠的地方。契丹人夫妻合葬，遺體暫放的住所也要講究一番，好讓他們等待另一半的期間能夠睡得安安穩穩。」

駙馬比公主早走一步，他得等待公主的到來，然後兩人才能一塊長眠大漠千年，或期待在輪迴中再續前緣。

公主啊，你的荳蔻年華可能不知道什麼叫愛情、又該如何春心蕩漾，是不是貴族通婚下不得不的無奈，你的心事在千年後成了我的心事。你好嗎？我是來自台灣的小記者，看著你早已凋零的容顏，與你相遇在我們都不是最美的時刻。

內蒙古此行畫下了句點，我想把詩的結尾改寫如下：拾起撒落一地的花瓣，盼望今後每一次的挫折後都能再重生。

畢竟在這片無情荒地上，媒體人有幸比別人看到更多的風景，是該繼續好好為自己訴說有情的故事吧？

儘管一身厚重衣物，但在內蒙古呼和浩特這零下二十度的地方，這身行頭在戶外最多只能撐五分鐘。

內蒙古博物院（左）與電影院（右）比鄰而居，形成文化上的強烈對比。

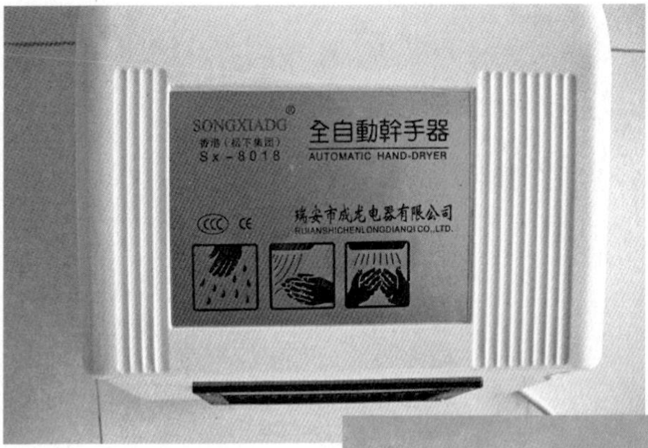

台灣與大陸用字上的差異讓人不禁莞爾，圖為內蒙古博物院廁所內的乾手機。

古代四大美人之一王昭君，死後就長眠在內蒙古呼和浩特市郊這處看起來很「中原景致」的地方。

黃金旺族展覽事件簿

◆起源

由國立故宮博物院、內蒙古博物院與時藝多媒體共同促成的《黃金旺族：內蒙古博物院大遼文物展》，展期為二〇一〇年二月至五月，是兩岸文化單位難得的大交流。

◆過程

此行去內蒙古，有幸見識到千年文物護送來台的過程。展出契丹草原文物共一百一十五組件，無論黃金、瓷器、玻璃、服飾、馬具、兵器、生活器物等，鑑識人員與考古專家看著一件件文物，都像是看著啼聲宏亮的剛出世孩子般，眼神散發著光彩。鑑識、點閱、裝箱完成後，千年太陽民族的草原遺跡搭著二十一世紀的飛機來到海洋小島。此次採訪在回台後做了四則專題，除了在該年除夕夜播出，也同步在故宮展示期間的閱聽室播放。

◆效應

此次展示包括耶律羽之、吐爾基山與陳國公主之墓的古文物，這些都是在盜墓猖獗的情況下倖存的重要墓穴。同樣文物展示曾在日本創下百萬參觀人潮，在台灣展出亦成功吸引不少民眾，參觀人數達五萬七千六百六十七人次。

媒體觀察筆記：媒體工作的魅力

媒體工作者的人生別有滋味，一般人不會沒事讓自己站在零下二十度的內蒙古山丘上，讓冷風呼呼吹上一個半小時，還得讓自己如演員般泰然自若，宛如走在攝氏二十度的青青草原上。但就算在內蒙古沒看到蒙古包，也沒騎到蒙古馬，我卻有機會第一手看到別人看不到的千年文物點交，也留下不少另類心得，而媒體工作的魅力，就在於這份未知的精采。

媒體工作者都是不走訪主流景點的「另類旅行者」，通常能駐足不少國家，但在法國巴黎時無法去看艾菲爾鐵塔，在英國倫敦也不知道大英博物館長什麼樣，在泰國普吉島可能沒曬到一天日光浴，這些都是很正常的現象，因為採訪任務往往與這些景點無關。雖然總是會朝最喧囂的地方去，心情卻必須更沉靜，在愈歡樂的地方，態度也得愈加戒慎恐懼。

媒體工作者也是「空間流浪者」。不管碰到凶殺案、颱風天還是遊行擠爆的場合，電視新聞工作者一定得親臨現場，才能做出新聞感。尤其電視新聞常常得跨路線支援，因此，政治記者會去採訪黑心食品風暴，教育路線記者也得連線火災新聞現場。事實上，每個一分半鐘的報導中，寫不進新聞裡的故事往往更精采。

此外，媒體工作者更是超越一切階層力量的「歷史紀錄者」。媒體人得以窺探新聞事件背後的浮光掠影，更重要的是，無論受訪者的身分貴如印度甘地或平凡如路邊賣麻糬的阿嬤，鎂光燈的焦點貴在「一視同仁」；記者能將甘地的理念傳播給世界，也能讓阿嬤分享她的新年心願。不管大環境如何改變，這份做電視新聞該有的最純粹初衷，如今仍可見於敬業的電視人身上。

在多明尼加偷一個吻

恆爺：

你在我這個年紀就已經有了孩子，想必你很了解怎麼和孩子玩耍。現在還沒嫁人的我能和政治人物搏感情、和菜場阿嬤聊菜價，也能與滿口生意經的商人虛應故事，但面對最純真的孩子時，我偏偏是個ＩＱ零蛋、窮極無聊的阿姨。又偏偏我這次來到多明尼加，還得和語言不同的孩子做採訪，這讓我不得不面對自己其實一直躲在舒適圈裡過生活的事實。

我見了不少世面，卻不想入紅塵，以為透過工作、經歷了別人的生命故事，自己的生命歷練便已足夠。你已經離開七年了，我卻好像還沒有真正長大。

2010.8.26 於多明尼加採訪有感

採訪檔案

◆任務：出差半個月，與台灣世界展望會先前往多明尼加共和國，採訪當地的慈善工作，以及第一夫人周美青認養的資助童。此行包括台灣世展會的工作人員、駐多明尼加大使館人員、任勞任怨攝影一枚，加上背負龐大發稿壓力而忐忑不安的我。
◆時間：二〇一〇年八月二十三日至二十五日。
◆地點：台灣世界展望會輔導的維拉阿塔葛西亞（Villa Altagracia Norte）計畫區。
◆經驗值：第一次看到加勒比海，好鮮豔的藍！

突破採訪罩門

來到多明尼加有個任務，那就是我要偷一個小女孩的吻。

為什麼要用偷的？因為我完全沒有讓小女孩親我的把握。又為什麼非要這個孩子的吻？因為我有一股作繭自縛的莫名壓力。

我跟著台灣世界展望會來到多明尼加，採訪世展會在當地的慈善工作，以及周美青認養的資助童。

多明尼加是加勒比海國家的第二大國，美麗的海岸風光讓多明尼加成為加勒比海地區僅次於波多黎各與巴哈馬的第三旅遊勝地，不少好萊塢明星對此十分青睞。然而根據台灣世界展望會的資料顯示，觀光起飛的多明尼加全國人口一千萬人，卻有超過二百一十萬人活在貧窮線之下，有錢人僅約二十五萬人，負責撐起整個多明尼加的經濟，貧富差距懸殊。

當我接到任務的第一時間，腦海立刻浮現出過去類似的專題報導影像，畫面中常常可見主播與當地孩子牽手唱歌、熱情擁抱，心中不禁默默擔心起來：如果我不比照辦理，是不是太遜了？

當時的我完全不懂得如何與孩子互動，但為了避免丟臉，決定好好找個孩子相處一下，看看能否突破採訪障礙。

拉攏小孩任務啟動

八月二十四日，我們來到多明尼加的維拉阿塔葛西亞計畫區。由於此區原本仰賴的製糖產業逐漸沒落，導致約六萬名居民失業，大部分人因此生活在貧窮線以下。

惡性循環的洞沒有破口，下一代的孩子也難以擺脫漩渦，世展會在此資助二千七百名兒童，提供社區職業訓練與小型貸款，此舉就像是漩渦上方的水藍天，給了當地人夢想與希望。

我們先行拜訪周美青在這裡認養的兩位資助童，其中一位據說活潑可愛，是個容易與人打成一片的四歲小女孩安娜，我立刻將她設為「標的物」。

陽光普照的悶熱午後，我們來到安娜的家，安娜的爸爸親自來迎接。爸爸是位建築工人，收入不穩定。屋內空間十分狹小，家中有四個孩子，安娜是老么。

好悶的天氣，我卻緊張地直冒冷汗。

工作人員帶我進入屋內，並拉著安娜跟在一旁，讓我找機會與安娜互動。

偷吻任務正式展開。

找出小女孩的喜好

安娜在一旁怯生生地看著我，平常活潑的她此時卻對我散發出充滿敵意的眼神。

我試圖打開孩子的防衛心，主動對她微笑，但她撇頭不理。我的臉笑得有些僵。

安娜家中陰暗簡陋，一進門就是廚房與一堆廚具，往左邊走進一個小門，一張床硬是塞滿整個房間。床的上方掛著幾件衣服。我用英文問工作人員：「安娜平常睡這裡嗎？」

工作人員轉頭用西班牙文問安娜，她點點頭。

接著工作人員又問了幾句我聽不懂的話，安娜回了一句，把工作人員的手抓得更緊，看起來快哭了。工作人員再用英文回答我：「對，她平常睡這裡，和她的哥哥一起睡。」

語言的隔閡讓我完全無法拉近與安娜的距離。於是我乾脆蹲下，對著她也對著工作人員問：「我看到那裡掛了好幾件衣服，安娜最喜歡哪一件呢？」

工作人員再翻譯，嘰哩咕嚕問完之後，想不到安娜看起來更害怕了，一直搖頭。我尷尬地在一旁像個外星人，狀況似乎是工作人員鼓勵安娜去拿她喜歡的衣服，但她就是不要，最後哭了起來。

工作人員連忙安撫安娜。我對工作人員說：「沒關係，我們先去屋外吧。」我幾乎是奪門而出，站在門口大嘆一口氣。

麥克風誘引計

屋簷下，安娜的爸爸抱著她坐下，我們圍成一圈，世展會工作人員開始了他們的訪談工作。

訪談過程中，安娜始終睜大眼睛好奇地看著我們這群東方人。慢慢地她卸下了心防，大家趁勢和可愛的安娜講話，她雖然話不多，一直緊挨著爸爸，不過起碼願意開口了。

我找機會從旁邊遞上麥克風，還好安娜沒有排斥，還拿了起來。在一陣鼓勵之下，安娜漸漸願意回答旁人提的問題，嘴唇緊靠著麥克風嘰哩咕嚕，非常可愛。只不過這樣的畫面還不足以完成我的任務，因為她親的是麥克風，不是我啊！

冗長的訪談結束，大家的工作也告一段落，偏偏我還缺一個安娜的吻，焦慮的程度比日光更熾烈。

音樂無國界，親友是力量

一群外國人來到這裡，早已引起街坊鄰居的騷動，一堆人在安娜家圍牆外不停嘰嘰喳喳，我靈機一動，請工作人員幫我找出安娜的朋友。工作人員熱心詢問後，立刻出現一位臉蛋圓潤、長得比安娜略高的小女孩。

依據採訪經驗法則，看熱鬧的路人往往比主角更入戲，所以我決定從這個小女孩下手。

我請圓臉女孩站在安娜身旁，試著問她們：「你們平常玩什麼？最喜歡唱什麼歌？喜歡跳舞嗎？」

安娜有朋友壯膽，愈講愈開心，緊抓著麥克風不放，心情大好。我試著請她們一起唱歌，兩人毫不扭捏。大庭廣眾下，安娜恢復了本性，又唱又跳好不開心。殊不知她開心，其實我就更開心。我在一旁用力打拍子，笑得比她更燦爛。

採訪時間結束，工作人員帶我一起走上前，我蹲下來對安娜說：「安娜好棒，唱得好好聽喔！」

工作人員翻譯這段話，安娜聽了甜甜一笑。接下來我乾脆直接索吻，便說：「安娜好可愛，來，親阿姨一下。」

心情頓時忐忑到最高點。

看著工作人員微笑著告訴安娜，她一聽完，整個人抱了上來，在我臉頰上重重親了一口。

我整個人心花怒放，受寵若驚地回抱安娜，大大鬆了一口氣。這個對許多人來說沒什麼特別的採訪橋段，我卻費了九牛二虎之力，大．功．告．成！

有見識還要有生命體驗

恆爺如果在這裡，想必會嘲笑我這個沒當母親的人，一個小女孩就把自己搞得灰頭土臉。

生命經驗是深化採訪功力的基底，年過三十，就算有了見識，還是可能敗在最不以為意的人事物上，如此一來，哪有活夠的道理呢？看看數天後周美青與安娜交手的境界就知道了。

當了大半輩子的母親，周美青看到安娜，好自然地一把抱起她，讓安娜坐在她的腿上，接著拿出飄洋過海要送給安娜的書包，然後好自然地在安娜臉上親了一下。

安娜開心笑著，雙手環抱著周美青的脖子，接著跳了下來，背上書包，儘管嚷著西班牙話，但任誰都知道她很開心。她跳起舞來，飄揚的裙襬與髮辮在簡陋卻充滿愛的屋簷下迴旋，彷彿也揚起小小心靈對未來的希望。

媒體人生該修練的還有很多，會了武功，接下來也該學學心法。

安娜活潑可愛，容易與人打成一片。但為了敞開她的心扉，我使出渾身解數，總算皇天不苦心人。

圖為多明尼加首都聖多明哥市中心最繁華的地方，相當於台北的信義計畫區，但一般民眾在這邊的消費力很弱，彷彿一個國度兩個世界。

周美青出訪事件簿

◆起源

二〇一〇年八月二十九日至九月二日，總統夫人周美青以「台灣世界展望會愛心大使」與紅十字會榮譽會長的身分，出訪加勒比海的海地和多明尼加邦交國。除了人道關懷，周美青在海地與多明尼加總共認養了六個資助童，此行也帶著禮物，首次與孩子相見歡。

◆形態

採訪團隊與展望會的工作人員其實是先遣部隊，比周美青早到當地將近一週，也因此有機會先行拜訪周美青的資助童。停留數日後再前往海地，等待周美青與女兒馬唯中來訪，最後再跟著他們一起回到多明尼加。

◆效應

以政治效應來說，這是馬英九總統上任以來，周美青首次來到加勒比海邦交國拚外交。但低調的酷酷嫂並未與任何政治人物碰面，甚至連多明尼加元首夫人想要盡地主之誼而安排雙方會面的程序都省卻了，不改酷酷作風。

以新聞效應來說，周美青的人道關懷形象始終很受民眾肯定，果真此行周美青所到之處，與當地孩子的任何互動都成為媒體的報導焦點。

媒體觀察筆記：電視新聞不膚淺

此次出訪最累人的地方，就是除了要做專題報導（無即時性的深度報導）之外，再加上周美青的出訪具有新聞性，所以得在當地發布每日即時新聞。

那天在結束安娜的採訪之後，我們來到另一個資助童胡尼歐的家。這裡的孩子們用襪子包覆樹上的果實，當成棒球來玩耍，在如此貧乏的物質生活中，我卻看到了此生最令人感動的靜物畫面。

走進胡尼歐家，屋內陰涼簡陋，但隨處可見五彩繽紛的廉價塑膠花點綴房間，透過窗戶，日光灑落一地。我朝屋內有光的地方看去，見到一個透明圓弧型的水盆栽，裡頭的綠色植物正欣欣向榮地往盆外展放，而理應透明的水則映照著太陽閃耀金光，讓陰暗屋舍的一角宛如天使降臨。

計畫區內的小孩用襪子包果實當棒球玩。

一旁世界展望會的工作人員也注意到此景，有感而發地說：「聖經說，上帝叫日頭照好人，也照歹人；降雨給義人，也給不義的人[1]。窮人與富人同樣享有上帝陽光的恩典啊！」事隔數年，那午後的水盆栽依舊生機勃勃，讓我體會到不管身處在什麼環境，能夠擁抱一顆寧靜的心就是最大的珍寶。

然而，我當時撰寫的即時新聞就只是一分半鐘的篇幅，僅能選擇性地以報導周美青的動態為主，其他的採訪感動都放不進去。但這意謂著我的採訪不夠用功而膚淺嗎？對於這樣的說法，我很不服氣。

相較於平面報導，許多閱聽人總是感慨電視新聞實在太淺碟了。我剛入新聞圈時也曾有這樣的抱怨，甚至覺得有些心虛。但如今再面對這個問題時，我常常反問對方：

「譬如是什麼新聞讓你有這樣的感覺？」

「喔，像是前兩天我在電視上看到的某某新聞。」

「那你看完這則新聞後的感想是什麼？」

「我還想知道為什麼某某會這樣。」

「所以你有再繼續搜尋資料嗎？」

「有啊！」

「嗯，那麼這則電視新聞報導是OK的，目的已經達到了。」

「蛤？」

「電視新聞著重的是即時性，你看到了就表示即時報導的功能也達到了。如果想要更進一步了解這個新聞的背景脈絡，可以鎖定電視台的專題報導或閱讀報紙與雜誌，甚至記者的個人臉書或部落格都可能有對報導的進一步討論。這篇看不夠的話，還可以再找下一篇，直到滿意為止。」

走過這些年的媒體工作，我深刻領略到，進入資訊多元的二十一世紀，媒體百家爭鳴，電視並不是唯一的新聞媒介，閱聽人還可以透過平面與網路獲取更多資訊，而電視新聞該做的是，如何發揮該有的優勢與功能。

好的電視報導元素必有淺顯流暢的文字、清楚優美的畫面，以及抓住閱聽人的好聲音。如果一篇精采的平面報導化成電視報導的背景音，加上沉悶的畫面，一定會有一堆觀眾轉台或睡著。另一方面，倘若相同報導以電視稿的淺白語言描述並配合豐富畫面，相信大部分的閱聽人會因此記得剛剛看到了什麼。

被批評膚淺的電視新聞的確可以做得更好，然而其即時性與畫面渲染力仍是平面與網路新聞無法匹敵的。淺顯易懂的電視文稿並不意謂著深度不夠，需要畫面輔佐更不表示電視記者不夠用功，相反地，這是電視報導最基本的要求，也是電視媒體最大的優勢。

❶出自〈馬太福音〉五章四十五節。

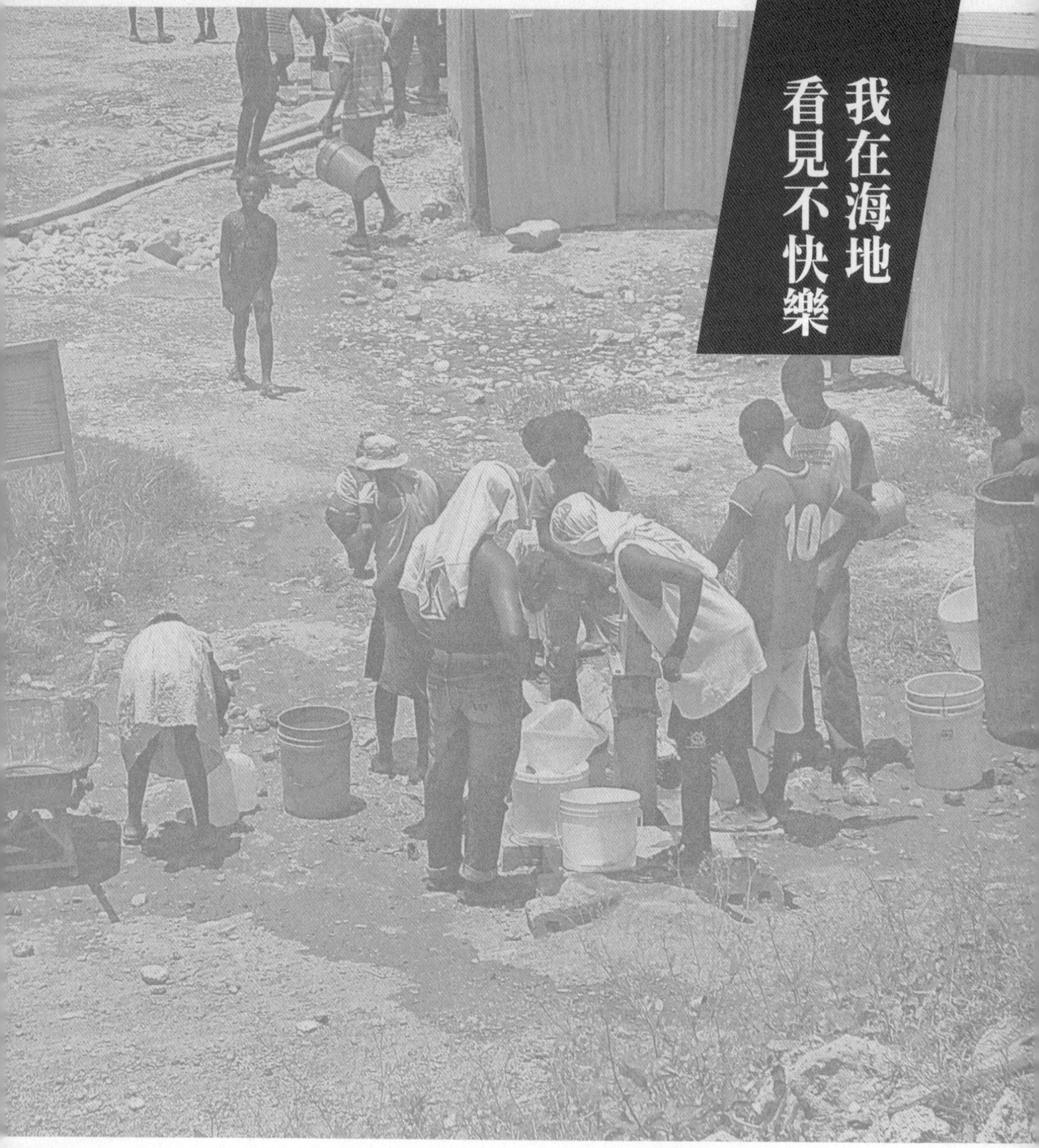

我在海地看見不快樂

恆爺：

這裡的海地人和外地人都很少笑，靈魂似乎受到了壓抑。沒有人願意面對衝突、貧窮、飢餓與死亡，但此處卻激昂地演奏著命運交響曲的旋律，無論生來貧賤或富貴，都不一定能抵抗大自然所給予的重低音節奏。

我看著一個巴西維和男孩買了一條海地人的粗糙項鍊，也許他只是為了表達他的關懷，或只為了紀念自我生命的足跡。我相信他來到海地所受的苦絕對比享受到的還要多，然而就算這是他自己選擇的路，決定航向之後卻無法決定旅程的風景。面對人生究竟該更豁達或更謹慎？天國的你是否早已有答案？

2010.9.1 離開海地後終於有空寫

採訪檔案

◆任務：結束多明尼加的採訪行程後，與台灣世界展望會繼續前往海地，採訪當地慈善工作，同時等待第一夫人周美青的來訪。團隊成員包括展望會工作人員、海地大使館外交官、媒體同業、攝影同事一枚以及每天汗流浹背很不花枝招展的我。

◆時間：二〇一〇年八月二十五日至三十一日，海地大地震後半年。

◆地點：海地首都太子港（Port-au-Prince）。

◆經驗值：隨處可見難民營及茫然的海地人，初次體驗貧窮國家的生活，完全感覺不到快樂。除了震撼，也是第一次興起想迅速逃離一個國家的衝動。

不笑的國度

到達海地的第三天，新聞團隊要從海地里奧昂地（Rio Onde）計畫區趕回太子港，這是一段漫長的車程。沿途盡是泥土山路，夾雜村落，還有豔陽下不愛笑的海地人，或站或坐在路邊發呆。

當時正值海地即將要總統大選的時期，當地人漠然的表情如同海地出身的知名歌手懷克里夫．金（Wyclef Jean）所唱〈選舉時間〉（Elction Time）的歌詞：

選舉時刻到來，你要投票支持誰？我們ＯＫ。選舉時刻到來，你想爭取什麼？我們ＯＫ……

但在他們漠然的表情下，面對外地人的情緒其實是極複雜的。

這個在近代史上動盪不斷的國家，尤其在二〇〇四年經歷一場內亂，導致海地前總統阿里斯蒂德（Jean-Bertrand Aristide）下台。聯合國安理會為了穩定海地局勢，組成八千位來自各國的維和人員進駐海地，上從維持法律穩定，下到維持平民秩序，海地社會從此被外國勢力所左右❶，但回頭看海地的歷史，在數百年前可是加勒比海的強權王國。

歷經天災人禍的海地早已失去王者之尊，外國勢力的介入更讓當地人感到自卑。自二〇〇四年維和人員進駐海地以來，大小衝突不斷，也因此，今日海地人面對外國人的心情既依賴又敵視。同行工作人員提醒我們，可別像個觀光客一樣拿著相機到處照相。可以大方拿著相機對外來的維和人員拍照，但若沒經過同意就將鏡頭對著自尊心極強的海地人，那麼下一步可能就是被比中指，甚至被奪下相機。

❶參「BBC CHINESE.com」於二〇〇四年四月三十日的報導〈安理會通過海地維和部隊〉，http://news.bbc.co.uk/chinese/trad/hi/newsid_3670000/newsid_3675300/3675313.stm。

我們一行人就親身經歷了海地人的這種糾葛落寞。

維和人員的軟與硬

當時小巴士在顛簸路面開得飛快，身體早已習慣那種搖晃。我倚靠窗邊睡著，突然一陣緊急煞車。身體瞬間向前飛撲，脖子因為煞車的後座力而差點扭到。我緊抓住前座椅背，還來不及嚇出冷汗，往窗外一看就發現苗頭不對。

「怎麼了？」原本陷入集體昏沉的我們全都醒了，可是沒人敢開窗。

我們的小巴和右邊巷子竄出的一輛小貨車擦撞，停在海地的陌生街頭。

小巴司機下車理論，路邊的海地人看到車上都是亞洲人，肇事的卡車司機大膽起來，吆喝周圍民眾一同壯大聲勢。接著圍觀群眾愈來愈多，嘰嘰喳喳講著我們聽不懂的語言，有人甚至亮出了棍子。

對貧困的海地人來說，對抗勢單力薄、渾身銅臭味的外地人是很自然的事。大家坐在車上，眼神盡量避開車外的敵意，靜靜等著。

終於，維和部隊出現了。一輛維和吉普車在狹小幹道上超車向前，硬是駛到事故現場，宛如好萊塢式的英雄出場畫面。幾個維和人員如救世主般從車上跳下來，海地人民看到他們，全都沉默下來，我知道我們有救了。

令人莞爾的是，幾天旅程下來總是看到維和人員對海地人板著臉，這回處理完事故現場，他們回頭看到車上的我們竟然咧嘴笑了，還不忘對我們揮揮手。

不解的是，他們飄洋過海來到異鄉，既然能對我們笑，為何對終年受苦的海地人反而笑不出來？我們看不清隱藏在太陽眼鏡後面的眼睛，不知道這些維和人員的心是軟是硬？命運在對他們開什麼玩笑？我把這問號放在心裡。

延遲了數個小時，我們終於回到太子港。車子的輪印壓過漫漫荒原路。

接下來幾天，我們每天都得往返於飯店與發稿單位之間，光是單趟車程就要一個多小時，等到發完稿已經很晚，黑暗道路的兩旁更是暗黑得有如潑墨。而協助我們一起往返的外交官，總是沉默地陪我們踏上歸途。後來才知道，他的沉默是有原因的。

鄉愁的紓解

先來說說我們入住的卡里柯飯店（Kaliko Beach），乍看之下，這裡根本不像其他地方所見到的海地。

別墅、酒吧、游泳池、沙灘、悠閒氣派的大廳與餐廳，會以為來到了巴里島的六星飯店。但再仔細觀察，只有旅館大廳有龜速網路；許久無人入住的房間裡，展開被單還會掉出乾掉的小壁虎；電力供給三不五十就中斷，冷氣無法運作是常態；水龍頭的出水量細微如絲，而且晚上十一點過後就沒有熱水。

而這已經是海地大地震後最好的旅館了。

誰消費得起呢？當然不會是一般海地人。

利用新聞空檔，我和同業走到海邊，看到一群又一群身材健美的維和人員，有的在做日光浴、有的在游泳，還有人剛打完排球正坐在吧檯，喝著調酒享受海風。原來維和人員的鄉愁是在這裡得到紓解的。

由於我這個東方臉孔實在太醒目，不久就有兩個維和人員前來攀談。

「嗨，你從哪裡來？」

「台灣。」

「喔……台灣？在亞洲嗎？還是中國？」

「嗯，是台灣（Taiwan），不是泰國（Tailand）喔！」

聊著聊著，知道這兩個年輕的維和人員來自巴西，稚嫩的臉上看不出經歷了多少風霜。

一條永遠不會戴上的項鍊

利用有限的休息時間，我單獨走了一趟海灘，看著巴西男孩與其他年輕維和人員玩著沙灘排球，裡頭還有一個穿比基尼的白人女孩。

接著，玩得一身汗的年輕軀體一個個跳入海中，其中一位剛剛交談的巴西男孩躺在海灘椅上，開起一罐啤酒。他看到我，又對我揮揮手。

我坐在沒什麼風的樹蔭下休息，對他笑笑，眼光卻往他後方望去，一個身著黑衣褲、扛著首飾箱的海地小販駝著背正一步步朝我走來。

小販只要看到旅館客人，就會試圖上前兜售。比基尼白人女孩挑挑撿撿了老半天，最後對他搖搖手。

小販繼續往前走，經過巴西男孩前面停了下來。男孩瞄了箱子一眼，隨便往裡一指，接著掏出錢，然後小販拿起那條看起來是巴西男孩永遠不會戴的項鍊，放進男孩手裡。

他買了一條看起來不會戴的女性粗糙項鍊。為什麼？

小販慢慢靠近我，用不輪轉的英文對我說：「想買貝殼嗎？」

我看看他箱子裡的貝殼首飾，種類不多，也極簡單。我不想買，也的確沒錢買，只好無奈地跟他攤了攤手：「抱歉，我沒帶錢。」

小販並不意外，對我點點頭，扛起首飾盒，有些吃力地邁開步伐，臉頰的汗水靜靜地滴下沙灘，對我說了聲日安後繼續往前走。

我拍拍屁股上的沙，準備往回走，經過巴西男孩身旁，我們對望一眼，又笑了。

「好熱啊！」

「都是這麼熱的。」他悠閒地晃著手裡的啤酒。

我忍不住問：「這條項鍊很漂亮，要送人的嗎？」

「做紀念。你看他們這麼辛苦。」

「是啊。」

「在這邊待了多久？」巴西男孩問。

「四、五天，你呢？」

「過完週末就要離開。」

我隨口問：「來海地多久了？」

「半年吧……」巴西男孩看著海水的眼神好似散了，掉進某個回憶裡。

我們沒再多聊，互道祝福後分手。世界上有數十億條生命的平行線，而我們在此做了換日線的短暫交會。

潑墨路上坑洞的祕密

離開海地的前一晚，媒體團隊照例發完稿後搭上小巴士回飯店，晚上十點多展開一個半小時的黑暗路程。我們早已習慣荒蕪寧靜的夜，但這晚經過一處完全看不清窗外景色的地方時，陪伴我們的外交官突然幽幽開了口：「你們每天經過這裡有注意到什麼嗎？」

車上的人紛紛搖頭。

外交官繼續說下去：「海地大地震造成的死亡人數太多了，導致屍體無處可埋，於是海地政府在左邊大概兩百公尺的地方挖了一個大坑，二十多萬具屍體就這樣統統丟了進去。」

我聽了之後全身起了雞皮疙瘩。

外交官的嘴角微微抽動，繼續說：「那景象真的很慘！我們每天都會經過這裡，但擔心你們會害怕，現在因為你們要離開了，所以告訴你們這段歷史……」

突然我眼前浮現出巴西男孩的臉，想起他說來這裡已經半年。

海地地震後的罹難者在維和與救難人員的協助下一個個被掩埋。當維和人員埋著男女老少的屍體時，我不相信他們的雙手不曾顫抖。而在這些埋屍體的雙手中有那男孩的手嗎？喪生的維和人員裡有他的朋友嗎？

物換星移，如今海地仍在災後重建。懷克里夫・金沒能角逐總統大位，倒是另外一個藝名甜蜜米奇（Sweet Micky）❷的海地歌手後來當上了總統。

隨著歲月荏苒，埋著屍體的大坑也將長出草與樹，百年後這裡可能又成了村落。無法選擇出生的海地人所遭遇的事情若是命中注定，那麼埋在此處的異國軀體能說這是自己的選擇而比較心甘情願嗎？

不是每個巴西男孩都願意買下一條永遠不會戴的項鍊。旁觀的媒體人以文字與影像記錄世界的飛鴻雪泥，其實他們同時也在找尋自己的紅塵定位。原來，能像那首嚴肅卻輕快的選舉歌曲中的歌詞那樣發自內心地說出「We OK」，是需要極大的智慧。

我知道，我已經很幸福了，恆爺，I'm OK。

❷甜蜜米奇本名米歇爾・馬爾泰利（Michel Martelly），於二〇一一年當上海地總統。

太子港的維和人員對海地人民總板著臉孔，對我們卻笑臉盈盈。

來自各國的維和人員工作時精神緊繃，但他們也一如平常人會拿起相機互相留影。

地震過後半年，太子港倒塌房屋仍然處處可見。

一場大地震讓海地許多人民失去家園，只能住進臨時搭建的帳篷難民營（上）。帳篷裡的孩子看到鏡頭會招招手，但下一刻可能就是比出要錢的手勢了（右）。

海地大地震事件簿

◆起源

海地是西半球最貧窮的國家，人類發展指數在西半的國家和地區中排名第一百四十九。該國人民在應對重大災難的能力本來就有限，偏偏老天爺不眷顧，二〇一〇年一月十二日晚上九點五十三分九秒（海地時間為十二日下午四點五十三分九秒）發生芮氏規模七點零強震，導致首都太子港的大多數建築都遭損毀，包括海地總統府與中華民國駐海地大使館。

◆災情

國際紅十字會估計，受到地震影響的人口約三百萬，死亡人數保守估計四萬五千至五萬人（但其實我聽到的死亡人數高達二十萬人）。此外，根據聯合國相關報告，許多聯合國維和人員在地震中罹難，光是地震後兩天就有三十六人死亡，兩百多人下落不明，聯合國海地穩定特派團團長赫迪．阿納比（Hédi Annabi，突尼西亞人）也在地震中不幸喪生。

◆效應

海地是中華民國互設大使館的邦交國之一，中華民國政府與台灣人民一共捐助賑款約一千五百萬美元與約四百萬美元的物資，國際捐助與救難更是源源不絕。然而海地災後重建的速度極慢，甚至有諸多國際報導指出，不少捐贈物資都被「汙」掉了。

地震後走訪當地看到，有能力工作的人沒有工作可做，有錢送孩子上學的也沒學校可讀，帳篷比房子還多，傾倒的又比堅固的多，甚至總統都得在帳篷裡辦公。而在很難感到希望的國度裡，包括紅十字會、世界展望會與慈濟等民間組織的力量，便顯得格外珍貴。

媒體觀察筆記：網路新聞也是新聞

我還沒去過恆爺想去的國家，倒是先來了許多人一輩子不會來的海地。除了地震與傳染病，我對這個國家一無所知，因此出發前得先做功課，這時就一定要拜一下谷歌神。這才發現，海地出身的嘻哈歌手懷克里夫·金曾想要競選海地總統，但在我們的旅程中宣布退選，原因是他擁有美國與海地雙重國籍，不符合參選資格。

現代人搜尋資訊愈來愈便利，只要輕敲滑鼠與鍵盤就能找到，省下不少時間。同時也因為網路消息太多、太有趣且太方便，常成為新聞報導的素材。然而由於一些報導不夠嚴謹、未經查證或是根本沒有去訪問當事人，便照著網路訊息發布新聞，常引來網友一片「妓者」的罵聲。

濫用網路資源做新聞的確應該檢討，可是大家亦不得不面對一個新的事實，即網路早就是重要的消息來源與公布媒介。

最經典的例子就是二〇一一年五月賓拉登遭美軍狙殺的整個過程，國際間之所以能掌握整個狙擊過程，竟是起因於一個住在巴基斯坦阿伯塔巴德（Abbottabad）的網友艾薩爾（Sohaib Athar），他無意間看到住家附近風聲鶴唳，於是在推特上貼文，結果引起記者注意，進而揭發這場狙擊行動❸。這位網友頓時成了國際媒體第一手消息來源，無心插柳見證了歷史，全世界都得仰賴這位網友的「現場直播」。

當時新聞工作者如果因為這只是個網路消息而因噎廢食、不去查證，那麼這個世界會錯過了什麼？

網路正在解構既有的媒體世界，從報紙到電視都在迎接這股數位浪潮，記者靠著YOUTUBE、BBS、微博或推特來發新聞已經不是新鮮事，也不應該被否定，反而要以審慎、積極態度查訪追蹤，朝向更好的「質變」方向走。

再者，因為趨勢的改變，閱聽人如今都是廣義的「媒體人」，不僅不再是被動的資訊接收者，更能主動創造新聞。台灣社會的典型例子如反核、洪仲丘事件或反服貿學運，透過網路動員力量，首次有機會將傳統政治遊行動員的色彩邊緣化，更讓不認識的彼此不分藍綠，只為了同一個訴求走上街頭，而這些活動在台灣社會只是一個開始。

面對網路時代，閱聽人該學習的是如何發揮一己之力來避免「民粹」，並從立場眾多的媒體報導中解讀真相，才能在大千世界裡培養出屬於自己的真相頻道。

❸ 參中央社顏伶如波特蘭專電，〈推特寫歷史，網友直播斬首現場〉，二〇一一年五月三日。

海地孩子眼中的寒星

恆爺：

我的心很倔強，一直不願跳脫二十歲時的生活樣貌，於是工作成了我對抗時間的武器，也是我逃避生命課題的港灣。但當我來到海地的里奧昂地計畫區，心中最不想讓人停泊的港口卻被長驅直入了。

一個叫費德的孩子從頭到腳穿著不合身的衣物，怯生生的，眼中藏了好多情緒。我以為他很不快樂，因為每個孩子從呱呱落地的那一刻起，他的人生就因為家庭甚至國家的強弱而揚起不同的帆。我思索著費德被生下來的意義是什麼？更甚者，面對生命的沉重，有一天自己的孩子來到世上時，我如何有把握為他揚起堅韌的帆？就在我陷入沉思時，費德一個小動作卻點醒了我這自以為是的愁，你來不及教導我的事情，意外地我從費德身上受教了。

2010.9.1 海地採訪後有感

採訪檔案

◆任務：採訪總統夫人周美青認養的海地資助童共四位，同行者包括台灣世界展望會工作人員、海地大使館外交官、媒體同業、攝影同事一枚以及依舊狼狽的我。
◆時間：二〇一〇年八月二十六日。
◆地點：海地最貧窮的地區之一——里奧昂地計畫區，位於海地與多明尼加邊界。
◆經驗值：首次深刻體會到何謂物資貧乏，吃喝拉撒睡無一不克難，是個挑戰「不中暑」與「不拉肚子」的旅程。

世界邊緣的自卑與自尊

這群孩子不知站在路邊等了我們多久，當我們的巴士遠在三百公尺外揚起塵土，他們深邃卻沒什麼笑容的眼睛就張得大大的，正定定地看著我們。

也許我們是受歡迎的，但不需要以溫暖笑容來迎接。對這些孩子來說，我們的來訪是一種儀式與必須，讓他們的援助得以不中斷，運氣好的話，還可以得到小禮物。

我一下車就被鎖定，一個穿著黑色洋裝的女孩立刻挽起我的手，指指手上的相機，意思應該是幫她照張相吧。

我立刻和她來個兩人自拍，照完後給她看，她搖搖頭表示不滿意。好吧，再來一張。我的雙下巴都照出來了，但她看到照片倒是滿意地笑了。

只是女孩沒問我該怎麼拿照片，盛裝打扮的影像就留在我的相機裡，然後她轉身離開。

我來到里奧昂地計畫區，這裡是海地最貧窮的地方之一。儘管位處世界邊緣，孩子們依然有他們的自卑與自尊，同樣會強凌弱勢，而剛剛那個女孩顯然是強勢的。

跟不上節拍的快樂頌

音樂響起，孩子們引領我們邊走邊演奏歡迎曲。沒樹蔭遮陽的悶熱早晨，汗水不停淌下，一路上腳步揚起的黃煙漫漫讓人有些嗆，我暗自盼望儀式早點結束。

走到計畫區辦公室旁的廣場，孩子們又吹奏起中華民國與海地國歌，兩國國旗從小小的旗竿頂滑上去。騷動的廣場人群安靜了些，就在我定定看著國旗在海地領土往上飄時，身後突然傳出「啪」的一聲。

轉頭一看，一個約莫十歲大的男孩跌倒在我腳邊，一旁看似老師的人不知對他斥喝什麼。男孩趕緊拍拍腿上的塵土，快速瞄我一眼，接者一溜煙地鑽進人群裡。那雙害羞的大眼睛就像兩顆孤寂的星球，在我腦海一時半刻忘不掉。

原以為歡迎儀式在升旗後就會結束，沒想到繞到廣場後方搭起棚子的空地上，繼續是孩子們的表演節目。世展會發放台灣陶笛給現場孩子，大家一起學吹奏〈快樂頌〉，要用這首輕鬆曲調歡迎即將來訪的周美青。

孩子們拿到從沒看過的樂器，個個好奇地把玩著。計畫區的工作人員好不容易叫小朋友乖乖坐定，因為音樂課就要開始了。

二十多個孩子吱吱喳喳地就坐，但前排正中間的四個位子還空著。工作人員拉了四位小朋友過來填空，其中一個就是剛剛在我腳邊摔倒的小男生。

「他們是誰？」我問世展會的工作人員。

「喔，他們就是周美青的四位資助童。」

我指著那個小男生問：「這男孩叫什麼名字？」

「我看一下。」工作人員拿出手冊。「他應該叫費德。」

我定定地往費德看去，他的腳上穿著一雙大尺碼皮鞋，米色襯衫和土色長褲不知大了多少尺寸，看起來彆扭極了，也難怪他剛剛會摔倒。

「3345，5432，1123322……」〈快樂頌〉的旋律響起，老師教著指法。費德看起來個性很內向，他明顯跟不上節拍而左右張望、頻頻落拍，這首曲子被他吹得一點都不快樂。和剛剛那位要我拍照的女孩相比，費德看起來全然是弱勢國家中弱勢鄉村裡的弱勢孩子。

費德的見面禮

好不容易歡迎儀式結束了，採訪團接下來要一一探訪周美青資助童的家庭，費德家排在最後一個。

傍晚時，我們終於進入費德家的庭院，他身上依舊穿著不合身的衣物，但我相信那是家裡為他準備的一套最正式衣服。

費德的爸爸身強體壯，是個裁縫師，有工作技能卻無工作機會，就算會裁縫又如何？費德有舊衣服穿已經很不錯了。糟的是明明已經夠窮了，孩子卻一個個出生，前妻加上現任妻子的孩子，算一算有十三個。

比較起來，台灣有許多像恆爺一樣的父母親，把孩子當做寶，為孩子做一切的犧牲都在所不惜。

恆爺啊，如果每個生命對父母都有不可取代的意義，那麼在這沒什麼結紮風氣的國家裡，你會怎麼告訴我費德之於父母的意義是什麼？

費德家人和鄰居全擠在庭院裡，迎接我們這些遠客。棕櫚板牆的屋裡根本沒地方招待客人，屋裡既沒有光線透入，也感覺不到希望。當然，缺乏電力的海地到了晚上也不會有燈火，對費德來說，家中最明亮的夜晚就是幾年前夜裡睡夢中的一把大火，當時燒毀了原本就沒啥家具的大半屋舍，也燒毀了這家人更多的希望。

我走進屋裡，摸著牆壁黑漆漆且冷冰冰的燒焦痕跡，突然感到右手臂被摸了一下，回頭一看，費德正靜靜看著我，大大的眼睛感覺不出情緒，但有點怯生生的，好像想告訴我什麼，卻又什麼都說不出來。

「嗨！」我向費德打招呼。

費德不發一語。

「你好嗎？想跟我說什麼？」明知費德不會懂，我仍忍不住用英文問他。

費德的手抽動一下，看似提起勇氣。他舉起手，攤開手掌，把手上的一塊泥磚伸向我。

我拿起泥磚，有點莫名其妙，但還是緊緊握在手裡，對費德微笑點了點頭。那如寒星般的眼睛笑了，費德轉身跑到屋外。

我怔怔地看著他的背影，再看看手中的泥磚，小心翼翼地收進包包裡。

屋外擠滿了人，我後來才知道，費德的母親並不在人群中，因此我無法知曉費德之於父母的價值有多高。話說回來，如果這趟採訪無法幫助到費德，那我採訪的意義又在哪？

海地的信仰中心「聖心堂」在地震中倒塌，殘存的圍牆上還留著當地人噴漆的法文字句：「人類是被創造來榮耀上帝的善。」想著這句話，再想著費德給我的泥磚，不禁忿忿不平，世界角落的這個孩子到底犯了什麼錯？上帝的善真的彰顯了嗎？

貧乏還是富有？

那塊泥磚一直放在我的包包裡，跟著我一路回到海地首都太子港。幾天後周美青來了，費德與幾位計畫區的孩子也被安排來到太子港。

舒適的空調大廳裡擺滿了豐盛的食物，宛如海地孩子的聖誕夢境。當孩子大啖美食時，我與同業和大使館人員聊了起來。

「你看這些孩子，平常哪有機會吃到這些食物。」一位外交官感慨說。

「是啊，這些孩子大部分都營養不良吧。」我說。

「其實他們也是有營養補給品的，只不過大家都沒有搞清楚。你們記者以前還有人報導說，海地人窮到沒東西吃，只好吃泥巴，其實根本不是這樣。」外交官有點不滿地說。

「哦？不然是怎麼回事？」另一位採訪團員好奇地問。

「海地有一種廉價的營養點心叫做『泥巴餅』，這東西的確是窮人在吃，但不是因為沒東西吃，而是泥巴裡含有豐富的礦物質，所以海地人把它拿來製成餅給一般人，尤其是給孕婦補充營養。只不過製作的衛生條件不好，泥巴餅裡常有寄生蟲，有時吃了會拉肚子。」

聽到這兒，採訪團員們都興奮起來。「泥巴餅很普遍嗎？哪裡可以弄到？」

大使館工作人員很熱心，立刻派人去買。沒多久，一大袋泥巴餅便一塊塊倒在桌上，看起來有點像比較大而硬薄的車輪餅。

我沒勇氣咬一口。當我從包包裡拿出紙筆想記錄這段採訪時，我摸到費德送我的泥磚，腦袋裡彷彿有什麼東西連了起來。於是我拿起泥磚，放在泥巴餅旁，看到類似的色澤與切面，只是費德給的泥磚小得多。

難道這真是一個泥巴餅的碎片？我開始思考費德給我泥磚的動機，臉色漸漸因為羞愧而紅了起來。

我以為他很貧乏，需要別人給予，但其實他可能在思考自己能給別人什麼。許多大人總以為是他們在教孩子看世界，殊不知孩子也帶著他們體驗人生。儘管費德眼中的寒星再小、再孤寂，卻有他獨一無二的運行軌道。夢想不必偉大，教育不需高尚，事業不用發達，愛人與朋友也不用計較多寡。

費德的生命是否真能因這些遠方援助而成就一個美夢，其實端看他自己。但我只能寫下費德的故事，與人分想儘管天空不會有翅膀的痕跡，費德一如所有人，都該以自己喜歡的方式飛過。

之後費德和其他三位資助童終於與周美青會了面。這天費德穿上十歲孩子該穿的運動服，看起來清爽活潑多了。這場會面周美青沒開放媒體採訪，我也沒機會再與費德說話。

其實我很想謝謝他，並要他加油，只要心是自由的，他也能很富有。

費德眼中的寒星，其實晶瑩透亮。

來迎接我們的海地孩子們個個眼神深邃，卻沒有什麼笑容。

一下採訪車，這個女孩便拉著我拍照。

能住在磚瓦石牆的屋舍，算是家境比較好的。

海地的廉價營養點心「泥巴餅」，
外形像大一號的車輪餅。

援助里奧昂地計畫區事件簿

◆起源

里奧昂地計畫區位於海地中部，靠近多明尼加邊境。該社區約有一萬一千人，台灣世展會在此的資助兒童人數約三千人（事實上就是全部的兒童）。這裡是貧困的鄉村型社區，很多想要追尋好生活的海地人會偷偷越過多明尼加邊界，尋找他們的希望。世展會計畫自二〇〇三年到二〇一八年對計畫區提供協助。

◆狀態

走訪計畫區的當時，雖然大部分的孩子都會去上學，但十二歲兒童能順利完成小學教育者僅百分之十八點五，而且小學畢業的平均年齡是十七歲。對當地人來說，小學畢業就很足夠，學識並非生活的必須。此外，計畫區缺乏公共建設與乾淨飲水，既沒有濾水系統，也沒有下水道工程，居民和動物有時喝同樣的水，因此這裡曾爆發瘧疾與傷寒，許多兒童來不及長大。而且取水是女童的工作，往往需要長途跋涉，影響了上學。

◆效應

台灣世界展望會從二〇〇三年開始，針對教育、健康醫療、經濟發展、社區防災與自治提供協助。以教育為例，世展會提供電腦教學資源，當我走訪時，社區裡的孩子坐在沒有網路連結的電腦前練習打字，寫封電子郵件給假想的朋友，差強人意的軟硬體資源卻是個拋磚引玉的改變契機。自從世展會介入後，這裡的兒童就學率已從百分之八十提升到百分之八十七。至於乾淨飲水的取得比率，亦由百分之三十四點五增加到百分之四十八。

在海地，處處可見孩子的頭上頂著沉重的水，而為了取水，往往得長途跋涉，影響上學。

媒體觀察筆記：電視新聞工作者的感情世界

曾有不少朋友問我，新聞工作這麼忙碌，要怎麼談感情生活？面對這麼多的社會與人性衝擊，心態如何調適？

我很難用幾句話完整闡述這個行業的人如何擁抱自己與他人，因為電視新聞工作者的喜怒哀樂情緒常常是同時存在的。例如我採訪費德時，就算再同情他，報導裡也不能情溢乎辭或辭溢乎情，如此才能像醫護人員那樣冷靜地看待病患，精準操刀。

新聞工作者往往是絕對有情的無情人，因為見證了太多生離死別與人性陰暗，唯有了解那些情感、讓自己變得「無情」，才能冷靜端出真正有生命力的報導。要在新聞事件中不參雜個人情感，真的不是一件容易的事，然而這種人生修練也讓新聞工作者對人生變化有更多包容與彈性。

此外，電視新聞工作者也得面對人性的脆弱與恐懼。譬如懼高症的人可能得報導高空彈跳，曾被性騷擾的女記者亦得處理強暴新聞。新聞工作者必須讓自己極度大膽，甚至忽略自己的傷口，直到新聞結束，再躲起來舔舐淌血的心，迎接下一個挑戰。

有趣的是，我發現身邊的媒體友人們大多對極限運動不感興趣，一方面因為自己就活在風險中，所以希望「平安就是福」；另一方面，新聞工作是一份對體能與精神耗損極大的工作，長時間的高壓力緊繃就像隨時會斷線的風箏，誰還有多餘精力去追求刺激？

撇開工作，新聞工作者的感情生活也和一般人不太一樣。

面對情人或配偶，你可能在情人節當天臨時得和總統下鄉 long stay，就算對自己的爽約頻頻道歉，仍無法保證不會有下一次。

面對朋友，新聞工作者永遠無法在颱風假時與大家相約看電影，週休二日也不能一起來趟小旅行。星期五的值班晚餐常常是獨自一人吃著泡麵，一邊追悼著學生時期夜夜笙歌的輕狂美好。

面對家人，新聞工作者更常愧疚家族聚會裡少了自己的身影，也牽掛著夜裡堅持睡在沙發上等門的母親，更感念父親對自己混亂工作作息的無盡包容。難得準時回家與家人吃頓晚餐時，看著父母開心的笑臉、從媽媽手中接下一碗熱湯時，很難以平常心道出自己才剛經歷一場與黑道飛車追逐的生死劫。

無論對新聞工作者本身或他的家人，這份不穩定與無奈感都是彼此的人生課題，但溫暖的支持與釋然的體諒，絕對是新聞工作者的幸福泉源。

外澳車站的老農

恆爺：

前陣子我為了農業專題的採訪工作，踏上了台灣好幾個縣市的農田，這才注意到，我買過這麼多國家的明信片，卻從來沒有在台灣這塊土地上買過任何一張；去了那麼多趟宜蘭衝浪勝地烏石港，才發現這裡到處都有踽踽獨行的種田老農。原來精采人生不應只是向外尋找，以為跑得愈遠，愈能理直氣壯地說自己的人生很豐富，但這只是選擇了自己要看的人生風景，視野其實只在小框框裡。

最近我開始認真地幫媽媽洗碗、打掃自己的房子，也多點時間陪伴愛我的人與我愛的人。對於所謂的家庭與社會責任逐漸甘之如飴，覺得生活踏實多了。

2011.9.1 農殤採訪心得

採訪檔案

◆任務：製作「農殤，十年倒數」系列報導，探討台灣糧食危機、農村問題與未來希望。
◆時間：二〇一一年六月起近半年時間。
◆地點：宜蘭、苗栗、彰化、雲林、台南等數個縣市。
◆經驗值：感謝優秀辛苦的攝影搭檔何子碩，我們有幸獲得「第三屆星雲真善美新聞傳播潛力獎」的肯定，圓了我這村姑主播的小小新聞夢想。

當衝浪妹碰上老農

由於老公愛衝浪，宜蘭烏石港成了我們經常跑的地方。那裡總有看不完的養眼畫面，男生看比基尼正妹，女生看肌肉酷哥。藍天碧海，老公下海追浪，我在沙灘上發懶，往往覺得現世靜好。久而久之，衝浪店正妹老闆小慈也成了朋友。

離烏石港衝浪街不遠處就是老舊的外澳車站，周邊雜草叢生，我每次經過都不禁懷疑，還有人習慣來這小站搭車嗎？

但小慈對我說：「有啊，有一次我回台北，記不得幾點去搭車，總之是清晨，我想火車上應該沒什麼人。結果嚇我一跳，電聯車每一節車廂都坐了一堆老農民。」小慈生動描述著她看到的畫面，「車廂中間放了一個個扁擔，擺得好整齊，看起來他們是要去賣菜。我從來沒有想過，這麼早，火車上會有這麼多人，這是在台灣嗎？我感覺自己好像在另一個世界……」

我腦海中立刻出現「想拍這個畫面」的念頭。

那天返家時，才注意到原來衝浪店附近有一塊田。傍晚正好有老農下田巡視，一位猛男裸著上半身、夾著衝浪板，走過彎腰拔草的老農身旁，這畫面如此衝擊，我過去竟然如此無感。

正好那段期間公司交代要規畫一個專題製作，於是我開始思索將要這個畫面與專題連結。

「想來想去，農業專題這個題目太大，又很老梗、不討好。」我和老公討論。

老公說：「怎麼會？很有意義啊！」

「我擔心小慈搭火車是幾年前的事，現在會不會根本沒有農夫清晨搭車了？」

「這還不簡單，我們找一天去探路，順便看日出。」

這趟清晨之行意義非凡，開啟了我採訪生涯中另一個新的視野，更讓我的心停止了流浪。

農村底層的神隱世界

二〇一一年六月二十日，凌晨三點，我們出發前往外澳車站，抵達的時候還不到四點。

我忐忑地東張西望，因為月台上沒有半個人，我深怕錯過第一班車，眼睛不停地在鐵軌盡頭與車站入口輪流張望。終於在車站入口旁的草叢邊聽到騷動聲，一個老人家扛著扁擔，慢慢地跨過鐵軌，往月台走來。

沒多久又出現兩、三位老農，大家顯然都是老朋友，在月台上互相聊了起來，我和老公兩個外地人的存在顯得好突兀。

我決定來買個菜。於是走向第一個出現的老人家。「阿伯早安。」

「早。」阿伯瞪我一眼沒有笑容。

「你要去賣菜嗎？」

「是啊。」

「有沒有地瓜葉？」我有點心虛地問。

老農一聽到要買菜，表情立刻溫和了些，但回答依舊簡短。「沒有。」

「那有賣什麼菜？」

老農打開扁擔，裡頭滿滿的好幾種葉菜類，我胡亂指了三種。老農說了一個價格，我立刻把錢掏出來，他拿起塑膠袋幫我包好，我趁機攀談：「阿伯，這麼早就起床是要去哪裡賣菜？」

「松山。」

「這樣坐火車很累吧？」

「還好啦，以前人更多，滿滿的咧！雪隧通了以後，現在年輕的都開車去台北送菜，比較方便。」

「為什麼不在頭城這裡賣就好了？」

「這裡沒那麼多人買菜。」

「台北比較好賣嗎？」

「對啦！」

「阿伯的年紀這麼大，怎麼不休息了？」

「休息要幹嘛？當成運動，加減賺啦！」

「小孩有沒有幫忙？」

「年輕人種田沒出息，也不愛做。」

聊著聊著，遠方傳來火車鳴笛聲，第一班列車準時在四點二十七分進站。叩隆叩隆，火車像老人家拄著枴杖大嘆一口氣般停了下來。

老農上了車，對我們揮手道別。我看著遠離月台的火車，心中狂喜起來，因為小慈所說農村最底層的神隱世界確實存在，而我以為自己早就認識了這塊土地，卻在跑遍世界後才重新發現。

根據農委會網站的農業統計資料，台灣二〇一〇年的糧食自給率僅百分之三十一點七，而且幾乎是老農在支撐，但這些老人們還沒有「功成身退」，便已因為衰老而默默退場。

「老農在消失，田地在消失，我們的糧食也跟著消失。當台灣沒辦法餵飽自己時，我們未來的食物在哪裡？」我腦中跑出這樣的問號，跟著專題方向也確定了。

「走吧，我們看日出去。」老公說。

在宜蘭海邊，雲多的清晨，太陽從海平面害羞地竄起又躲藏，海中已有衝浪年輕人在追浪。在大家把看日出當做娛樂時，傳統農家卻是戴上斗笠，在台灣各個角落默默遵循老祖宗的教誨生活著。

正式出機採訪當天，我與攝影搭檔跟著老農們上了電聯車。火車疾駛，左邊是山，右邊是海，靛藍的天空開始改變山海色調，由黃轉橙，再變成熟透的水蜜桃紅，大地瞬時甦醒。背對如畫框般的車窗，老農們卻在位子上沉沉睡去，他們的精力與青春也在不知不覺中隨著火車的節奏被帶走了。

我該為這些老農採訪誰，才算盡了江湖道義？

農殤的軌跡

二〇一一年七月十七日，農民為了堅持土地正義再度走上凱道。我搭上時事順風車，針對穀賤傷農、人口老化與價格剝削等主題走訪了七個縣市，從城市到鄉村，從海邊到山野。最讓我印象深刻的採訪地點不是海濤般的稻浪田，而是隱身台北市忠孝東路車水馬龍的小巷弄。

那天下著雨，我與攝影搭檔狼狽地鑽入忠孝東路四段二四八巷的農民市集裡。那裡賣菜的比買菜的人還多。灰濛的空氣裡走來一個中等身材、穿著棉T短褲的大嗓門男子，左跟菜販寒暄：「對，四千公克耶，胖貝比。哪天我們再來吃麻油雞！」右跟另個菜販咧嘴笑說：「老婆在坐月子，等等跟你買些老薑。」

短短十公尺的走道，每個人都要和他講上兩句，好不容易輪到我們，他突然靦腆了起來。「你好，我是楊儒門。」

他就是曾經將社會輿論分裂成兩半的白米炸彈客，如今已是孩子的爸爸。

過去的我和大部分的人一樣都是從新聞中認識他，見面之前還想像他是否還存著凶惡的江湖味？殊不知江湖味的定義其實有好幾種，對農民來說，他這一型是最重情重義的江湖。

「恭喜你當爸爸了。」我說。

楊儒門笑得更開了。「謝謝，謝謝。」

「第一胎嗎？」

「第二胎了。老大叫楊農，老二叫楊田，我是『農田』的爸爸，哈哈！」

當年在台北車站放置爆裂物、為農民發聲的激烈手段已經過去，儘管現在聊著台灣農業仍有悲憤情懷，但心態變了。「總不能讓孩子以後跟人講說她爸爸是炸彈客吧。我搞了幾個據點，像是二四八農學市集，百貨公司裡還設了專櫃。農民之所以賺不了錢，是因為盤商剝削，所以我找通路給農民銷售，讓他們多少賺一點。現在農業可是顯學啊！」

非常能言善道的楊儒門針砭時事一針見血。「心念轉，世界跟著轉。過去覺得為什麼沒人關心這些農民，但現在心態轉變後才發現，好多力量在社會上集結，推廣農業其實很有趣。」

聊著聊著，楊儒門的笑容有如晴天娃娃般趕走了雨天。直到上了採訪車，我才想到一個問題：面對過去傷他最重的媒體，為何今天他看到鏡頭還笑得出來？

我試著以楊儒門的立場來看，不由得對媒體工作顫慄起來。

百分之百的真相

楊儒門在坐牢期間有個獄中筆友，她是知名詩人吳晟的女兒，也是農業觀察作家吳音寧。

為了讓專題更完整，我來到彰化縣溪州鄉採訪她。在美麗的樹下，吳音寧送給我她宛如農業史詩般的著作《江湖在哪裡》，我翻起書頁，隨手翻到這段歷史：

楊東才偏過頭看哥哥，哥哥還提到有五十萬元的檢舉獎金，要楊東才去報案。……在審判筆錄裡說到，當時他懷疑的對哥哥說：「若是報假案，我會乎人打。」但是哥哥回答他：「去了你就知道，我不會害你。」……隔天新聞，說是「炸彈客嫌犯楊儒門，被胞弟楊儒才『大義滅親』檢舉，晚間就告現形……」……甚至連楊東才的名字都寫錯，推想其為楊「儒」才。

原來當年楊儒門在被通緝多日後，開著小貨車載著弟弟，請弟弟報案，卻被媒體解讀為大義滅親，更諷刺的是，滅親的弟弟名字還遭錯植。在夏日暖風吹拂下，書頁吹出了媒體報導外的真相，也就是「沒有百分之百的真相」。就算努力維持客觀，也是消息來源的相對客觀；就算努力求真，亦為消息來源潤飾後的產物。

峰迴路轉，聰明的楊儒門完全明白媒體兩面刃的力量，就算曾被社會烙印，他反而利用這個傷痕來發聲。曾經成功掀起輿論、賠上青春，但水能載舟覆舟，楊儒門很懂得這道理。

歸零後再出發

打開採訪之窗，除了楊儒門與吳音寧，我還陸續採訪了堅持不退休「無米不樂」的崑濱伯、捍衛家園不被徵收的灣寶農婦洪箱，以及能拿博士卻在鄉間種田的穀東俱樂部賴青松。一連串的採訪奔波，讓我心中對外澳車站月台上駝身的老農身影愈來愈清晰。

老農們終將走入歷史，但必須有人在絕處中播種，才能等待更美好的收成。「農殤，十年倒數」系列報導後來獲得第三屆星雲獎新聞傳播潛力獎的肯定，算是圓了我走新聞路的小小夢想。

恆爺，我想我漸漸能夠回答你，活過三十歲以後的生命樂趣在哪裡。回想起來，跑一趟清晨的外澳車站，坐上電聯車探索未知，不僅是自己生命中不可缺少的體悟，也是每個人一生該有的必須。不管你是插秧農人、革命青年還是自許甚高的媒體人，每天都該讓自己歸零，才能重新填滿心靈。

活過三十歲，每個人多多少少都曾傷人與被傷，然而試煉還是不曾停歇地接踵而來，而且愈來愈殘酷。你得學習與破碎的心 say hello，包紮後告別，儘管癒合的傷口中有妥協、無奈、堅強、失落與選擇，但新的夢想就是在這樣的養分中淬鍊再出發。人心如是，我們所處的世界亦不如是？

事隔數月，老舊的外澳車站經過翻新整修後再出發。瞧，時間會讓一切人事物蛻變的。

恆爺，這是我在你過世八年後才學到的。

今天有許多老農仍然勤奮耕作，他們不是為了餬口，而是為了讓自己有事情做，以及對務農割捨不下的情懷。

曾以激烈手段為農民發聲的楊儒門（左），如今透過經營市集來推廣農業，提供通路給農民賺錢。

採訪台南「無米不樂」的崑濱伯時，一起下田巡視害蟲。

農業觀察家吳音寧（右）在她彰化家前草地上，為「農殤，十年倒數」專題朗讀她的作品《江湖在哪裡》。

白米炸彈客楊儒門事件簿

◆起源

二〇〇三年，彰化農家子弟出身、二十五歲的楊儒門一連在台北放置了十七次的爆裂物，引起社會恐慌。但恐慌之餘，又掀起輿論巨浪，因為他在爆裂物上都會放上一張「反對進口稻米」或「政府要照顧人民」的字條。

◆過程

時值台灣加入WTO隔年，台灣稻米因為開放進口而受到嚴重衝擊，楊儒門以激烈手段為農民生計發聲，最後在二〇〇四年十一月二十六日被逮捕，依恐嚇、非法製造炸彈等罪名起訴，二審宣判有期徒刑五年十個月。楊儒門入獄服刑後，社會上不斷出現申援的聲音，二〇〇七年六月二十一日，時任總統陳水扁宣布將楊儒門特赦。

◆效應

出獄後的楊儒門表示將繼續為農民發聲，但不再採取激烈手段。目前他創立了數個農學市集，甚至百貨公司專櫃都能找到他的身影。二〇一一年十月，楊儒門因「紀錄台灣」專題受訪時，他立刻表示已找了一間廢棄國小，正在打造一個猴硐生態教學農場。然而，他在二〇一三年十一月因抗議大埔張藥房等四戶遭拆事件而跑到總統府前潑漆，獲得不起訴處分。只能說，他從台北車站開始為農業發聲的志業只是個起點，故事待續。

媒體觀察筆記：小螺絲釘的力量

離開辦公室的電視小框框，頭腦就能夠再次獲得解放，許多小插曲儘管不成文章，卻更加動人。像是為了專題跑了不少農家，常常到了一個地方，熱情的農友們就會送上一堆自己的作物，如果不收下，反而讓他們覺得好意被拒絕而不高興。

因此，曬了一整天太陽的我往往提著大包小包的菜回到辦公室，又因為跟著下田，所以穿得很輕便。別的主播跑時尚趴與宴會趴，我倒是從過去的政治海產店和KTV攤，到如今在農家透天厝屋簷下喝著絲瓜水、吹電扇的鄉村趴。雖然沒有冷氣房，倒也甘之如飴，只是要深入談農村苦樂，就得抱著從零學起的心情，跟著捲起袖子與褲管，在一旁勤做筆記。

有人問我，長期在惡質的新聞環境中工作，這樣的付出是否值得？我想起剛踏入新聞圈時，也常向恆爺抱怨這個問題。恆爺在新聞界征戰多年，深知實務界的無奈，他常勸我要嘛有面對現實的準備，要嘛盡早離開。而我還是選擇繼續撐下去。

記得二〇〇三年台灣爆發SARS期間，我在傳出第一起社區感染的基河國宅前，到處詢問這國宅的水管線路怎麼跑。東拼西湊問出大概輪廓後，就趴在大馬路上畫管線圖，沒時間顧慮我彎下身的當下其實領口大開，不少無聊男子在我面前晃來晃去，我卻忙到連頭都沒時間抬一下。趕快將圖傳真回公司後，又回到新聞現場找受訪者，狼狽至極。

在傳出某醫院疑似爆發院內感染的第一時間，我在病房大樓裡亂晃，從住院醫師的口中成功套出真相，攝影搭檔在距離我十公尺外的地方，聲音鏡頭全都錄。我顧不到這坦白聊天對我說出院內情況的醫生後來怎麼樣，但大眾知的權利是透過這種方式滿足的。

學社工出身的我，當時愈來愈無法適應新聞場域裡缺乏同理心與溫暖的工作型態，終於受不了而離開。待了半年的公部門，過足朝九晚五的日子後，卻又選擇回到新聞戰場，因為還沒有摸透生存技巧就棄械投降，未免太可惜。

尤其我深深體認到，學術與實務工作的價值觀落差必須靠歷練來彌補，逃避或不認同都不是面對工作該有的態度。我是個怪咖，選擇投入一個與自己所學相差頗大的產業，但回到新聞圈後，我終於慢慢看到，採訪工作也能展現人間溫暖。

二〇〇四年的三一九槍擊案發生後，真相調查委員會成立，在藍綠媒體立場交戰的鋒頭上，我有一天死命緊跟著當時的真調會召委、已故前司法院長施啟揚的座車，想要報導真調會委員在鏡頭下的真實運作。當天施啟揚從媒體群聚包圍的法務部大門離開後，我便一路緊緊跟隨。座車司機一度試圖甩掉我們，隨扈甚至下車客氣地拜託我們別再跟了。我覺得很窘，但還是得完成任務，只好苦笑著拜託他們。兩相退讓之後，施啟揚和隨扈也不再為難我們，讓我們在旁靜靜拍攝，彼此尊重而體諒。

慢慢地，我努力在新聞中多放一些自認的道德良知與正向訊息，而讓那些無奈的採訪過程少一些，盡量在其中求取平衡，盡量無愧我心。儘管力求把每一篇報導做到最好，有時還是會不小心犯錯，或者覺得自己為求報導完美而不知不覺傷了人，甚至自己，造了不少新聞孽，於是反過來找另一則報導彌補回來。

我曾經跟著台北市社會局舉辦的海葬活動出海，當天的媒體焦點都放在時任台北市長馬英九的相關議題上。但失去親人的傷痛其實更感人，我從頭到尾都沉浸在家屬們的情緒之中。當船開到海中央，我看著家屬們在大雨中將骨灰拋向大海、呼喊再見，早已淚流滿面。

回到辦公室，除了馬英九當日的新聞外，我也用心做了這條海葬新聞。新聞播出後，主播告訴我，這條新聞讓他流淚了，那一刻起我終於覺得新聞生涯開始有意義。

資深CNN國際事務特派員瑞夫·貝格雷特（Ralph Begleiter）在二〇〇五年三月底來台與新聞界座談時說過這段話：「給讀者需要知道，而非想要知道的訊息。」便點出了現今媒體的缺失。

其實不只閱聽人，身在新聞產業的當事人也都有此感慨。新聞報導公眾利益的訊息太少，八卦新聞太多，唯有身處在變化環境中，才能看見、面對與改變。眾多媒體小螺絲釘們從校園出來投入這個產業後，也都抱著這樣的使命感奮鬥著，我不敢說留到最後的新聞人是最優秀的，不過絕對是最有韌性的一群人。

走過這些年，我終於有機會製作「農殤」這類專題，而在這之前，自己也曾做過無數大眾唾棄與批評的新聞，但就是得經過種種歷練，才能真正釋放出足夠的能量。

為了趕製「農殤」專題，常常在半夜裡獨自奮戰。

從吳哥窟看見那瑪夏

恆爺：

我不想當一個走馬看花的觀光客，因此不斷想在旅遊中捕捉當地的靈魂。走在吳哥窟街道，意外地拍下一個坐在垃圾桶旁邊靠資源回收生活的小女孩，我為她心疼，卻也無能為力。而這種無力感也曾在台灣八八風災時侵襲我，受苦的災民帶著孩子逃離家園的畫面讓我不停掉淚，好在一封寄自夏威夷的信讓我抓到施力點。我將這封關懷一位災民丁小弟的信轉交給那瑪夏鄉的孩子。

我以為災區的孩子會顯露無助、惶恐之情，但我錯了，其實人比你所想的還要堅強。這位那瑪夏鄉的孩子早已選擇性地遺忘傷痛，因為當你無力改變回家的路時，就只能無視它的嗚咽，讓自己往前看。於是我知道，遺忘不是真的遺忘，而是讓這樣的能力化為保護體，讓自己更有勇氣面對未來更多風雨。

2012.1 柬埔寨吳哥窟遊後感

採訪檔案

◆任務：莫拉克風災一周年之專題採訪，受海外觀眾託付，將一封鼓勵信與二十美元交給一位災區小弟，展開一場尋人任務。
◆時間：二〇一〇年七月。
◆地點：柔腸寸斷的高雄縣那瑪夏鄉。
◆經驗值：當時已轉全職播報，正摸索在不同位子上扮演好媒體人該有的角色。

垃圾桶旁的女孩

會來吳哥窟旅遊，原本是想從二〇一二年忙碌的媒體工作中抽離解放一下，想不到卻到了一個更讓我喘不過氣的地方。

吳哥窟遺跡讓人驚嘆，但宏偉的遺跡旁總會有個垃圾桶，旁邊往往坐著一個孩子或老人家。我注意到一個小女孩，她的手裡拿著塑膠袋，裡頭是觀光客丟進垃圾桶的寶特瓶。她會在這裡坐上一整天，等著拎起幾個瓶子賺回收錢。此刻，她默默注視著前方一個年齡不會比她小多少的台灣女娃兒，這女娃兒是團員們的開心果，阿公阿嬤捧在手心疼愛得不得了。

小女孩的眼神充滿羨慕、嫉妒、無奈與茫然，我忍不住按下相機快門。

這不是什麼普立茲獎新聞照，也不是採訪工作，我很遺憾自己無力為這小女孩做些什麼。

這個飽經內亂外患的佛教國家在歷經赤色高棉的「無社會階級」大浩劫之後，貧窮成了常態，人民平均壽命只有五十六歲。根據國際透明組織《二〇一二年貪汙印象指數》報告，柬埔寨在全球廉潔度排名倒數第二十名。而從無國界記者組織《二〇一二年新聞自由度報告》中，柬埔寨當年的新聞自由度在一百七十九個國家當中，排名也屬後段班的第一百一十七名，許多人的眼神都和那女孩一樣無助。

那麼，比柬埔寨民主、富有且擁有新聞自由的台灣，媒體是否又能為自己土地上的孩子多做些什麼？

我想起二〇〇九年八八風災的丁小弟。

溫情接送信

二〇〇九年八月二十二號，風災過後第十四天，我收到來自夏威夷一位蘇姓退休工程師的信：

黃主播：

8/21/09在美國夏威夷的中文電影台，看到您報導的新聞有關桃源梅山村民下山的情形。其中有位五年級丁小弟下山讀書，吃飯時為家人禱告。謝謝你們的報導。能否請將一封信（附上US$20）給丁小弟，十分感謝。

ALOHA（阿囉哈）蘇啟明敬上

信裡的確附上了另一封給丁小弟的信及美金，儘管金額不大，但還是應該把這份心意轉達到當事人手上吧？

調出了當時的新聞畫面，看了新聞報導，採訪地點就在高雄縣桃源鄉梅山村。報導中的丁小弟剛從災區家鄉撤離，和許多同學失散，他抱著心愛的小狗坐在收容所外的椅子上，稚嫩的臉上流著淚，他禱告起來，希望家人與同學都平安。看到這番情景，著實令人鼻酸。

我暗暗期盼著，丁小弟收到這封信時的眼神不再和吳哥窟女孩一樣孤寂。

但丁小弟在哪？我趕緊詢問採訪中心，結果得來壞消息。

災情發生的當下，災區民眾紛紛撤離家園，直升機一輪一輪地接載，收容所的災民們來來去去，而且因為採訪現場過於混亂，當時並未留下丁小弟的聯絡方式，最直接有力的線就這樣斷了。

其間曾透過「行政院莫拉克颱風災後重建推動委員會」的《八八重建報》及網路進行人肉搜索，也和公司討論製作尋人新聞的可能性，可是都碰到困難，眼看風災過後半年時間就這樣過去了。

我一度感到很沮喪，甚至對自己的工作價值打了大問號。但皇天不負苦心人，二〇一〇年端午節前後，終於在一位張大哥的熱心協助下傳來好消息。這也才發現，為什麼丁小弟這麼難找，原來丁小弟根本不姓丁，而是姓金，本名叫金凱旋。此外，他也不是高雄縣桃源鄉梅山村人，而是那瑪夏鄉達卡努瓦村人。

事不遲疑，我立刻寫信給這個居住在夏威夷的工程師，向他報告好消息。他收到消息後，立刻回信給我：

能聯絡到金凱旋同學，十分謝謝。您若能見到金同學，請代我問候，能在艱困中站立，一定是他以後人生的力量，希望他能珍惜身邊的親人……他的生活平安快樂，能安慰很多關心他的人……

就在八八風災周年前夕，公司配合這場尋人任務，希望製作專題單元，讓我下鄉前往那瑪夏，將工程師的心意親手交給金凱旋小弟弟。

與金小弟的初見面

來到高雄，心情十分悸動，終於看到金凱旋了。風災過後一年，他是個將要升上小六、看來很機伶的男孩，眼神裡早已沒有風霜。

我問：「會不會很驚訝有人在美國看到你？」

「嗯，對啊。」

「有沒有很高興？」

「有。」

「你會回信給他嗎？」

「會。」

「想寫什麼？」

「感謝他的話。」

「什麼感謝他的話？」

他害羞地說了「謝謝你」後便躲進身旁母親的懷中，惜字如金。

然而當拍攝鏡頭一轉開，他立刻喜孜孜地看著工程師寫給他的信，還和身邊親友好奇地搶著二十塊美金鈔票，活潑地說：「我要看、我要看，原來二十塊美元長這個樣子喔！」

真誠不市儈的反應讓我莞爾，是我們這些大人太多情了，其實孩子早已本能地忘記了悲傷往前走，儘管風災陰影仍然存在，卻是讓孩子心志更堅韌的過程。

脆弱的人其實是我。

令人喪膽的回家路

接著，我跟著金小弟哥哥的車從高雄山下前往深山裡的那瑪夏，回家的路途幾乎讓我魂飛魄散。

雖然風災過後已逾一年，採訪車行過的山路依舊顛簸。經過土石掩埋的小林村之後，開始下起滂沱大雨，我們駛入深山的溪谷道路，看著溪水奔流漫延過路面，天色因大雨而灰暗。車輛驚險地繞過一個又一個蜿蜒腸徑，幾次險些覺得要落入溪谷中了，不知道開了多久，才從宛如地獄般的山谷裡開出來。

幾番波折，終於來到那瑪夏，鄉內最熱鬧的地方早就遭到土石流掩埋。我們穿越重重路障，彎了幾個彎，駛入一條安靜的巷弄，把車停好。此時雨停了，太陽露臉，恍如隔世。

我鬆了一大口氣，幾乎是雙腿癱軟地下了車。我問帶路的金哥哥：「回家的路都是這麼難走嗎？」

金哥哥淡淡回答：「是啊，不過這條路比較快，不然從嘉義那邊的山路開過來要花更多時間。」

想到等會兒還得再走相同的路下山，不禁想趕快結束採訪。兩個小時後，我們打道回府，要讓整個採訪團隊在天黑之前下山，否則在視線不清的狀況下，很可能會墜落溪谷。

再度深入那九彎十八拐般的溪谷道路，天色毫不留情地暗了。我屏住呼吸，緊閉嘴唇不讓自己亂叫。採訪車駕駛小心開著，車上的人都沉默地看著愈來愈失去光亮的前方，彷彿山谷就要把我們吞噬！

我試圖轉移注意力，回想起曾與恆爺一同到新竹尖石鄉採訪當地國小學童生活，那裡的路程同樣偏遠難行，不同的是，當天是冬日暖陽的好天氣。下山時經過一條溪谷，恆爺突然喊停，跳下車說：「這裡有野溪溫泉喔，冬天應該在這裡泡泡腳。」

我跟著恆爺走下溪邊，亂石堆裡的溪水果真一窪窪地冒出微微熱氣。恆爺二話不說把鞋脫了，腳往水裡放，臉色脹紅大嘆一聲：「這才是人生啊！」

年輕的我並不習慣隨性泡腳的戲碼，恆爺看我彆扭，忍不住說：「來了就泡啊，如果你要當記者，就不要這麼拘謹。」

我索性照辦，脫了鞋子把腳浸到水裡，暖意立刻從腳底竄起。恆爺看著山林景色繼續說：「這趟跑這麼遠，如果對那些可憐的孩子不是真心，還真是浪費時間。」然後點了一根菸，看著溪水不再說話。

突然採訪車陷入一個大坑，好大一個晃動把我拉回現實。山谷溪水仍在嘶吼，我想起恆爺的那段話，開始懊悔自己剛剛的差勁表現。

不是對恆爺說只想活到三十歲嗎？現在在怕什麼呢？

那瑪夏的百合花

想著金小弟回到家中拿出他得過的獎狀給我看，儘管靦腆，家境不富裕的他還是很有心地回了一封信給退休工程師蘇叔叔，並放了一段記錄他一年生活的ＤＶＤ給我們看。我坐在屋簷下，金小弟默默為我端上一碗親戚煮好的雞湯，這朵那瑪夏鄉的百合花很努力地配合我們的採訪，依舊堅強地綻放。

我不禁思忖，有多少孩子像金小弟這樣需要媒體去關注，就像吳哥窟坐在垃圾桶旁的女孩？我又多麼幸運地能將夏威夷飄洋過海的愛心借花獻佛，盡了那麼一點媒體責任，而我卻因為採訪路程的不順遂，差點就把自己的心也丟了。

回到台北，走進深夜空蕩蕩的辦公室，放下包包，雖然身體疲累，心卻不累。我還有沒做完的事，於是伸手進包包，將金小弟的信拿出來，放入越洋信封，並貼上郵票，這封信裡有很多金小弟要告訴蘇叔叔的話：

叔叔您好，感謝您這麼關心我們全家，我已經收到您寄來的信了，真的很謝謝您。現在的我正在放暑假，開學以後就六年級了……在家裡只有我跟姐姐兩個人，哥哥、姐姐、媽媽還有我都很平安……媽媽因為要照顧生重病的爸爸所以一直在山下的醫院，姐姐回來山上照顧我……雖然我們的距離很遠，可是叔叔您的關心卻讓我覺得很近，在這裡我祝叔叔您身體健康……

凱旋敬上

不論金小弟和蘇叔叔的這個緣分是否能在太平洋彼端產生蝴蝶效應，起碼我盡了一份心力。在我的媒體生涯中，少了些看到吳哥窟女孩時使不上力的遺憾，多了些感動與釋然，期待金小弟美好的故事待續。

大吳哥窟裡，坐在垃圾桶旁靠撿拾資源回收生活的女孩，羨慕地看著前方這位被家人捧在手掌心的小女娃。

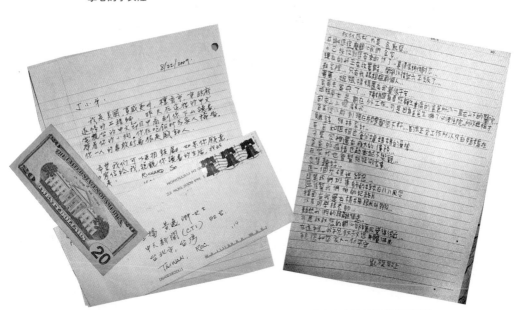

左圖為退休工程師蘇啟明寄來的轉交信和美金。右圖為金小弟給蘇啟明工程師的回信。

莫拉克風災事件簿

◆起源

二〇〇九年八月八日，莫拉克颱風造成一九五九年八七水災以來最嚴重的水患，許多地方光是兩日降雨就降下了一年份的量。例如，那時屏東尾寮山的氣象站測得了一千四百零三毫米的雨量，創台灣當時所有氣象站單日最大雨量紀錄。天災發威，導致高雄縣甲仙鄉小林村數百人遭到活埋。至於丁小弟的家，就在經過小林村、遠在深山盡頭的那瑪夏。

◆災情

二〇〇九年八月六日至十日之間，台灣中南部與東南部地區遭受大雨侵襲，導致多處山崩、土石流與淹水災情。尤其八月八日到九日的傾盆豪雨，不僅讓屏東縣與台東縣傳出嚴重災情，更重創高雄縣甲仙鄉小林村，四百七十四人遭到活埋。六龜鄉的新開部落則有人在災後掛上「SOS 32死」的看板對外求援，透過媒體鏡頭放送，讓人怵目驚心。

◆效應

根據政府統計，此次水災造成六百八十一人死亡、十八人失蹤。這場風災同時也造成馬政府的政治土石流災情，總統馬英九聲望重挫，行政院長劉兆玄因此請辭下台。

台灣儘管不是聯合國會員國，但八八風災過後，聯合國派了三位人道事務協調辦公室成員來台，給予重建協助，據說這是首度大陸未插手介入派員事宜。而根據中央社的報導，截至二〇一〇年八月三十一日止，莫拉克過後二十三天內共有八十五個國家、國際及區域組織代表、國際民間慈善團體等對台灣災情表示慰問、提供物資援助或捐款，捐贈金額約達新台幣三億八千萬元。

媒體觀察筆記：媒體記者的DNA

在專題即將播出的前兩天，我打電話通知金小弟的媽媽，隨口問候了金爸爸的病情，想不到金媽媽欲言又止，說：「金爸爸前幾天過世了。」

一時沒心理準備的我語塞笨拙，只能不斷講著節哀順變之類的話，同時對她說，有需要幫忙的地方儘管告知。

金媽媽客氣道謝。掛上電話後，我想著採訪當天在高雄義大醫院的安寧病房裡，罹患淋巴癌末期的金爸爸正痛苦地在床上呻吟，無法和我們說上一句話。

報導出來後，金爸爸也走了，頓時心裡有著這樣的疑惑：我究竟是在幫助他們，還是根本叨擾了他們已經夠苦的生活？

直到專題播出隔天，公司客服人員向我詢問：「有觀眾來電表示想幫忙金小弟，請問要怎麼聯絡？」

在取得金媽媽的同意之後，我提供了聯絡方式，並稍微鬆了一口氣。起碼我的報導沒有像石頭般沉入水裡。

投入新聞產業以來，當自己逐漸走出青澀菜鳥時期，愈來愈常反思自己是否選擇了一條對的路？對不對得起自己？

這些年來，我看過好幾位立志做大記者、大主播的新星在適者生存的殘酷新聞遊戲下無法堅持下去，一個月就落跑轉行了。當然也看過沒人看好的菜鳥記者儘管每天被罵笨、新聞總是遲交，依然悶著頭一天天努力撐下去，終於有天跑到一個大獨家、鹹魚翻身，從此在同業間走路都有風。

我還看過根本不具新聞資質的人看不清現實卻始終不肯放棄，一家公司不得志後再換另一家，終究落寞地離開業界。還有人一進新聞圈，就因為外型亮麗而被公司捧在手心，沒跑過兩天新聞便穩穩坐上主播台，但這就是她（他）的產業優勢，圓夢相對簡單。

機運與努力鋪成一條成功與否的跑道，但追夢飛行器本身的性能也是關鍵。也就是說，個人本質是否適合這個產業很重要，如果具備這樣的特質，圓夢則事半功倍；如無，就會相對辛苦。

尤其一些剛踏入新聞圈的人常有這樣的疑問：「我怎麼知道自己適合新聞，該如何在這個圈子發光發熱、比別人突出？」

我並非新聞科班出身，一路走來跌跌撞撞，所以無法給個標準答案，倒是歸納出一個半開玩笑的「TOYOTA」準則來鞭策自己，取其諧音，準則就是「投（TO）資自己」、「找出優（YO）勢」以及「踏（TA）實努力」。

這個準則的意思就是：投資時間與努力，經營自己的新聞路線，並加強採訪技能，書到用時才不會恨少。而如果特別具備語文才華，甚至比別人有更出色的外型，就沒必要矯情低調，讓自己的優勢被埋沒。

此外，新聞產業沒有投機和僥倖，因為每一次的新聞成品就能看出一個人的能力，文筆是否到位、新聞資訊是否充分掌握、口條是否清晰、畫面呈現是否清楚豐富等，這些都逃不過任何新聞前輩的法眼，唯有一步一腳印踏實前進，你在戰場上的生存方能可長可久。

其實，拋開新聞圈，這些準則亦為從事任何工作都該具有的心態與準備。

深呼吸，記者的特有個性就是既然上了戰場，就會不達目的絕不終止，就算是內向溫和的人，也會逐漸培養出捨我其誰、衝鋒陷陣的氣勢。

一個媒體記者親臨新聞現場時，腎上腺素會莫名其妙地亢奮起來，新聞一結束，也會有莫名滿足的虛脫感。如果你具備這些特質，就表示你已養成了被新聞操成習慣的「奴性」，不管是否優質，都算是新聞咖了。

不過，怎麼樣才算是成熟的新聞人呢？以新聞前輩司馬文武的註解來詮釋是最詩意不過了：「好記者都有一點正義感，有點作家、藝術家的個性，為了觀察人生，了解真理、真相，可以放棄一切。」❶一個新聞工作者即便脫離工作場域，還是會繼續觀察人生，為新聞寫歷史，這種社會關懷的特質，已成為新聞人獨特的DNA，一生相隨。就算有朝一日離開新聞場域、在家洗手做羹湯，也會適時為家庭主婦的權益請命。

如此雞婆、不服輸、好奇、關懷又能精準發聲的人，就是身為記者該有的生命素質。

❶參何榮幸著，《黑夜中尋找星星——走過戒嚴的資深記者生命史》，台北：時報出版，二〇〇八年，頁八十六。

回首藍天，真情駐足

恆爺：

總統選舉每隔四年一個循環，投入採訪工作後的我現在碰上第三回，也再次站上新聞第一線。與二十多歲時相比，我的體力變差了，皮膚出現小細紋，記性更是直直落，但這些年的工作積累逐漸蛻變成我下半輩子的人生資產，而且似乎比「青春無敵」更有力量。恆爺，我快活到你過世時的年紀了，一度活得很不快樂，直到我清楚知道，雖然我不是最優秀與最幸運的，但也不是最糟的，人生鮮有兩全其美的事。

我還可以有夢，但要夢得踏實，不要以為受挫後蹲下再躍起時，一定能夠跳得更高。當人接受了命運，未來的路好像也會明亮起來；當我承認自己很平凡，才開始懂得珍惜當下。

恆爺，我想我正式進入你的思想迴圈了，請你幫我向老天爺多爭取一些時間，讓我愛上生命存在的本質。

2012.1.10 記錄總統大選前每天趕高鐵的日子

採訪檔案

- 任務：二〇一二年總統大選前夕接獲公司任務，自投票前一個月起，每天連線報導藍、綠、橘總統候選人的造勢活動。幾近環島的行程，卻日日從台北搭高鐵出發，當天來回，直到開票當日的重頭戲，我在代表民進黨參選總統的蔡英文競選總部連線。
- 時間：二〇一二年一月十四日傍晚。
- 地點：滂沱大雨的新北市蔡英文競選總部。
- 經驗值：回鍋政治選戰，連線開票氣氛，見證台灣第一位女性總統候選人的競選步伐，同時又得掌握各陣營動態，既熟悉又陌生。

無情記者與矯情政治

事情就是這麼戲劇化，蔡英文一上台，雨就愈下愈綿密，彷彿在為悲劇英雄撒花，我只好撐起傘。

二〇一二年一月十四日，我在蔡英文競選總部，此時確定落選的氛圍愈來愈強。蔡英文上台時，全場靜默下來，說：「謝謝大家在這裡等，尤其下這麼大的雨，大家還這樣情意相挺。我跟大家說一聲：謝謝，謝謝，謝謝大家！」

台下群眾有人激昂地喊了起來，但我心裡默默吐槽，這是一個再平常不過的開場白了。

選前一個月，我接獲自認有史以來最瘋狂的選戰任務，每天進辦公室就立刻梳妝打扮，決定好當日造勢行程，便跟著攝影搭檔搭乘高鐵趕往候選人的造勢場。不論藍、綠、橘，不論台中、彰化、高雄，每天連線報導最新選戰氣氛。因為沒有代班人，當然就幾乎沒有休假，造勢場忙完時往往已經晚上十點，然後再趕搭高鐵回台北，這樣的模式連續近一個月，直到開票當日。

搭檔的資深攝影什麼大場面沒見過，但連續幾天深夜回到台北，也累得忍不住哀嚎。就這樣到了開票日，簡直身心俱疲。這天我在蔡英文競選總部，心想這樣的場景從我跑新聞到現在，不知道經歷了多少回，不管是勝選演說還是敗選演說，還不都是那樣？

「對於今天二〇一二年總統選舉的結果，我們敗選，我要在此向大家致上最深的歉意。我們承認敗選，也願意接受台灣人民在這次選舉裡面所做的決定。我知道，很多支持者聽我這樣講或許會覺得心碎，可是在這裡，我們還是要恭喜馬總統。」

我聽了幾乎要冷笑起來。政治語言裡的誠意到底有多少？承認敗選是一回事，真心恭喜？再說吧！

人說戲子無情，但我覺得記者更無情。每當有人問我當初為何要選跑政治，我的答案始終如一：「因為報導政治人物的八卦或錯誤，我不會痛。」說穿了，記者與政治人物都是在相互利用；我喜歡觀察檯面下的角力與心機，政治人物則需要你的版面。就像蔡英文的演說再精采，絕對是有幕僚先幫她打草稿，然後透過媒體昭告天下，大家不過是合力完成一場戲罷了。也因此，政治人物再怎麼說、怎麼做，我始終不會對他們「掏心掏肺」，產生真情感動。

頭過身就過

「希望他在往後四年，要傾聽人民的聲音，要用心執政，要公平地照顧每一個人民，千萬不要辜負人民的期待。」

政治舞台殘酷，但未必成者為王、敗者為寇，四年後捲土重來，只要機運一到，還是可以成為一條好漢，只要別把媒體得罪光了。蔡英文受到陳水扁第二任執政爭議的影響，面對媒體始終有自己的風格，有人欣賞，有人抱怨，因此身邊的幕僚幫她經營好媒體關係格外重要。

然而，一旦讓記者嗅到了新聞的味道，還是很難阻擋這些腎上腺素分泌的新聞動物們的獵殺。就像陳水扁曾經如日中天，但當第一家庭身陷貪腐新聞，是不會有記者手下留情的。

我想起二〇〇六年七月，陳水扁抽空走了一趟台南，時任台南市長的許添財帶他參訪任內各項政績。媒體焦點自然放在陳水扁的一舉一動，幾個行程走下來，新聞點也快發光了。

當我們來到安平樹屋，陪著陳水扁站在樹前，我幾乎昏昏欲睡。此時陳水扁看著大樹中的間隙，突然玩性大發問一旁的人說：「有沒有人鑽不過去的？」一旁人打哈哈，想不到陳水扁接著就縮起肚子朝樹洞穿去，偏偏頭才伸過去就卡住，大家在一旁尷尬起來，陳水扁自己笑嘻嘻說：「沒關係，頭過身就過。」接著順利穿越樹洞。

在場媒體大樂，「頭過身就過」這句話立刻被記者們穿鑿附會，與他身陷政治風暴連在一起。不管陳水扁和許添財有沒有事先套好招，但陳水扁的經典名言之一就是這麼來的。

政治路上的人情冷暖

「我知道此刻大家的心情。今天，我相信有很多人原本期待勝利，但是，現實不盡如人意。但是，我要跟大家說，我們要堅強，我們一定要堅強，我們一定要比誰都堅強。」

走政治這條路一定要堅強，記者跑政治這條線也一定要挺住，而政治人物身邊的幕僚機要，便成了記者是否跑得下去的關鍵。譬如選舉造勢場合裡，他們是否能帶你去後台訪問、對你透露選戰祕辛，甚至在你忙得不可開交時遞上飲料、幫你打氣。就算你不愛政治，幕僚也不一定和你交心，但這種「道義之情」還是會隨著時間慢慢培養出來。

記得一位立委助理曾想參選議員，因受到黨內排擠而單打獨鬥。儘管我一路幫他做新聞，黨內初選那晚仍然無力回天。當晚我走進他的辦公室，工作人員有氣無力地繼續統計選票，那位立委助理則坐在辦公室位子上發愣。

我鼓勵他振作，他喃喃地說：「貸款欠債、人情債，接下來不知道要還多久，本來就心裡有數了，只是結果知道還是會難過。人情冷暖這次嘗盡了，倒是今天晚上記者朋友只有你一個來看我……」

之後他依舊浮沉好幾年，不過也因為那天晚上，他成了我在工作時最挺我的政治友人之一。

有人說媒體傲氣成性，政治奸詐矯情，有趣的是，曾經彼此雪中送炭的都會銘記在心，因為這條路上單打獨鬥的刻苦往往更多。

最遙遠的零距離

「過去在面對挫折的時候，我們從來沒有倒下過。以前不會，我知道，這一次也一定不會。」

蔡英文的演說持續著，現場沒人離開，空氣的重量彷彿愈來愈重，我像是一個隔著玻璃帷幕的旁觀者，對選舉的激情早已免疫。我想起日前寒流來襲的夜裡，七早八早便到蔡英文位於苗栗的造勢晚會，空地上冷風颼颼，我帶著毛帽防頭痛，等待工作幕僚與暖場造勢人員到場。

當天沒有其他電視媒體記者，也沒有一個我認識的總部工作人員。看看流程表，以《流浪到淡水》走紅一時的歌手李炳輝將開唱暖場。我盤算著去後台採訪李炳輝，左看右看，瞧見一個像是文宣部人員的長髮女生，我向她提出訪問需求，她面有難色，表示後台禁止媒體進入，但會幫忙問問看，因為李炳輝很低調。

我無奈地等待，畢竟和人家沒交情。過了一段時間，工作人員很好心地讓我進後台碰運氣，只見李炳輝與太太坐在棚裡吃便當。我一靠近表達來意，看不見的李炳輝如驚弓之鳥般拒絕採訪，反應之激烈把我嚇了一跳。工作人員看了也只能兩手一攤，機會給了，只是沒運氣，我再走出後台。

當晚蔡英文抵達現場，台上激昂喊著，台下萬頭鑽動，周邊街道擠滿看熱鬧的民眾。但我的心卻很冷，這熟悉又陌生的場域彷彿離我愈來愈遠。

幕僚與記者的革命情感

「四年前，我們曾經是這麼的絕望，我們所要挑戰的山頂，曾經被認為是遙不可及。但是，我們咬著牙，整個黨團結在一起，在這四年，一步一步的往前走。這一次，我們已經接近山頂，我們還差一哩路。」

話說至此，台下許多民眾已經淚流滿面。是啊，四年了，足以讓滄海變桑田。過去熟識的幕僚朋友，有人成了民意代表，有人飛入尋常百姓家，昔日堂前燕，算一算，真正還在當幕僚的竟所剩無幾。不過在一月十三日蔡英文的台中造勢場上，終於讓我碰到一位。

這晚，蔡英文的造勢場上氣勢極盛，包括李遠哲等百位學者都上台力挺蔡英文，現場湧入許多採訪媒體，後台入口擠得水洩不通，就為了等李遠哲現身。

媒體秩序有些混亂，我看到熟悉的工作人員M忙進忙出。M的眼神對上了我，兩人一陣驚喜。「好久不見！」

霎時那種熟悉感回來了。我們天南地北地聊，這才知道他當了爸爸，我當了新娘；過去愛運動的男孩如今還在政治場域闖蕩，而過去東奔西跑的我，繞了一圈還是回到原點跌跌撞撞。

只是敘舊沒多久又各自忙了起來。趕在蔡英文到場前，我到她將進入會場的入口放好板凳，與攝影搭檔一人一個站了上去。身旁民眾因為興奮而不斷推擠，我們得驚險地穩住身體。在等待連線蔡英文到場的瞬間，混亂場面自顧不暇，讓我當晚再也沒機會與M聊聊。

「我要告訴大家，這樣的結果很遺憾，但是，我們不是一無所有。」

過去與一些幕僚朋友看似革命情感的交集，卻也曾被一個幕僚G潑冷水：「對我來說，跟你們記者的交情再好，都不是真朋友，除非你們今天不幹記者才有可能。」

連友情都有但書，還能讓我相信政治場域裡有真情嗎？

「感謝大家一路相伴。這四年，是很美好的旅程，我們一起並肩作戰，在我的心中，你們不只是投票給我的人，你們是我最好的夥伴。」

我想是有的，只是誰都不願先受傷。

不把記者當真朋友的幕僚G在一次餐敘後喝得爛醉，與我一起上了計程車，一路上哽咽述說他走上政治路後有多苦，我聽著聽著也哽咽起來。但隔天在新聞場合相遇時，一切彷彿沒有發生過。

「今天晚上，我相信大家心裡都很難過；如果你心裡真的很難過，就讓它發洩出來。你可以哭泣，但不要洩氣。你可以悲傷，但是不要放棄。因為明天起來，我們要像過去四年一樣地勇敢，心裡充滿著希望。」

聽聞至此，我的鼻頭一酸，眼淚竟然掉了下來，我大驚，因為這是不曾發生的事。我趕緊擦了眼淚，還好混著雨水掩蓋了我的面貌。

為什麼我哭了？

眼淚的重量

負責操刀蔡英文敗選演說的重要文膽姚人多，讓蔡英文的這場演講被喻為是台灣有史以來最好的敗選演說，無論支持藍或綠，不少人為之動容。但真正觸動我的則是，不管是幕僚之路或媒體一途，其實很多人都差一哩路，「頭過身沒過」。

我腦海中浮現二〇〇七年冬天的台北看守所。

當時陳水扁的女婿趙建銘因台開案進了看守所，趙建銘走進看守所大門時，回頭看了一眼天空，成了當時著名的「回首看藍天」新聞詞。

時任副總統的呂秀蓮有一日前去探望，我與幾個同業趁著休息空檔回首望攝影機，半開玩笑地來個另類看守所留影。

當時大家的平均媒體資歷約五至十年，每個人都想轉業，卻都不知道轉哪行，因為不會行銷、企畫、會計，甚至按收銀機也無能。大家在工作場域裡衝刺受傷、歡呼流淚，不再以為努力終有報償，笑容裡都有一點點滄桑。回首，天會是藍的嗎？

電視人的不同故事裡都有相同感慨，也就是我們共同走過歷史的軌跡。如果不曾留下什麼，那我們走過的媒體歲月豈不毫無意義？

G如今已是檯面上的知名政治人物，我在朋友喜宴上與他相遇，便問道：「你現在應該和很多記者都很熟吧？」

「怎麼說呢，還可以啦。」他沉思一下，「過去因為是幕僚，得和記者有較多互動，好像和你們過去這群比較有感情。」

此時M經過我們的桌旁，三人聊了開來，話題竟然已是爸爸媽媽經了。

真情藏在魔鬼細節裡，就算大家再冷血、再防衛，也曾共同走過象徵革命的青春。再回首來時路，與這些亦敵亦友的政治友人們的距離其實很短，也很溫暖。以為與新聞對象界線清楚的我，原來在過去每個新聞攻防的點滴中，還是不知不覺地也把真心交給他們了，這晚我在蔡英文總部留下的眼淚，其實很真實。

恆爺，我沒法告訴你，我的回眸是藍、是紅還是牛奶色，我只求一路坦然。你可以告訴我，你眼中的天空是什麼顏色嗎？

前總統陳水扁曾經「頭過身就過」的糾纏樹幹，為了不被好奇民眾破壞，已用繩子圍起。樹幹間隙其實不大，想要鑽過去真的不容易。

投入記者工作後已採訪了好幾回選舉活動，
儘管體力、記性都變差，這些工作積累卻都成了自己的人生資產。

二〇一二總統大選事件簿

◆源起

藍、綠、橘各有候選人：國民黨的馬英九，爭取完全執政連任保政績；民進黨的蔡英文，揭竿力挽在野四年狂瀾；親民黨的宋楚瑜，老將終戰要求一個歷史定位。以上統統是檯面上的政治宣傳。

實情是，國民黨不可能有馬英九以外的總統人選；蔡英文出線前大戰蘇貞昌，還沒上戰場，黨內就先內傷；宋楚瑜如春蠶吐絲，力拚親民黨存廢的背後有更多時不我予的無奈。

◆結果

從米酒、老農津貼、民進黨三隻小豬小額捐款等議題，政黨的IQ與EQ決定了短兵相接的成敗，但不意謂最終就能勝選。台灣藍綠政治版圖鬆動不易，差距往往在中間選民。馬英九最後得票率為百分之五十一點六，以近百分之六的差距勝過蔡英文的百分之四十五點六三，宋楚瑜則只有百分之二點七七的得票率。說穿了，這場選戰就是在為這近六趴的選民打的。也因此，每一票都很重要。政治人物提出的政見不見得是「政策正確」，但必須是「政治正確」，每到選舉必喊調漲的老農津貼，就是最典型的例子，不管藍綠，沒有人敢說「我就是不漲」，否則拿不到農民票，於是增加的國庫負債就留給以後的子孫承擔便是。

◆效應

馬英九總統當選連任後，從油電雙漲、美牛議題、林益世風暴到後來的軍中洪仲丘枉死案、反服貿學運，挑戰沒停過。選戰政見要落實並不容易，媒體的責任便在於記錄與監督當下，至於歷史定位則留給時間去評價。

媒體觀察筆記：媒體亂世中燃燒的新聞魂

根據無國界記者組織的《二〇一四年全球新聞自由度報告》，台灣的新聞自由度在一百八十個國家當中排名五十，贏過中國、日本、香港和南韓❶。

新聞自由意謂著記者採訪時能夠本著新聞專業，不受外力影響而完成報導，台灣這份成績單看似不差，但無冕王真的在採訪上無拘無束嗎？

其實台灣的無冕王早就不是真的無冕，所謂媒體第四權的公權力已變得弔詭而曖昧。

記得二〇〇六年民進黨執政時期，我幫忙做一條蘇貞昌接任閣揆前的內閣人事布局新聞，某位閣員被拍到走出約詢地點時撞到了玻璃門，場面超糗的。新聞一播出，這位閣員打電話臭罵我一頓，要求拿下畫面。

我很生氣，這畫面既沒變造、稿子也未扭曲，新聞持平呈現，他憑什麼大呼小叫？我堅持不拿下這個畫面。後來這位閣員致電給我當時的長官，再次要求。在長官的人情拜託之下，我才勉為其難拿掉畫面。

一般來說，只要新聞訊息無誤，遣詞用字不涉及人身攻擊，新聞當事人往往只會摸摸鼻子認了，鮮少打電話關切或施壓，這是對媒體公器的尊重，也是記者起碼的尊嚴。所以，儘管只是個「閣員致電要求拿掉糗畫面」的新聞處理，我還是會因為有人把「手」伸進自己的新聞裡而不滿。

而媒體之所以能讓人敬畏三分，不就在於這個「誰也撼動不了」的監督力量？但台灣的記者真的夠自由嗎？

在這個眾多媒體競爭的年代裡，無冕王們的數量也比過去多了不少，一旦表現不如公司預期，很容易就會被取代；也就是說，在這個自由的新聞國度裡，新聞自主權反而因為媒體的蓬勃發展而削弱。

不少踏入電視圈的記者愈來愈感慨「燕雀焉知鴻鵠之志」，眼看巫山落石不斷砸毀新聞夢，最終只能失望退場。但歲月淬鍊人性，仍在新聞領域中遊走的人都在尋覓一個平衡，不少媒體人抱著這份剪不斷理還亂的新聞魂，在第四權日益被人輕視的今日努力撐著。

那麼記者的自主性究竟還剩多少？這個理應充滿正義感的工作難道已經不值得投入？

我的答案是「絕對值得」，因為新聞報導的本質始終沒有改變。

機會永遠是給準備好的人，在多元媒體、網路無國界的時代裡，一個被壓抑的靈魂一定會有個破口，讓靈魂得以釋放。

如果把台灣媒體生態形容為亂世，魔鬼與天使其實都藏在這眾聲喧譁的時代裡，等著你去發現，然而在此之前自己得先磨好劍、擦亮盾牌，才能上戰場。

朝正面思考，既然所謂亂世出英雄，這個媒體時代不正是最亂也最迷人？

❶參施旖婕〈台灣新聞自由排五十　贏中港日韓〉，《蘋果日報》，二〇一四年二月十二日綜合外電報導。

後記

繼續謙卑而驕傲地活著

二〇一三年某日仲夏午後，我在整理一堆久未聆聽的CD時，發現當年恆爺送我的那片Jim Croce（吉姆克勞契）的CD。

看著恆爺的字跡，瞬時將我拖回時光旋渦，回到與恆爺許下三十歲約定的計程車上。慚愧的是，我從未好好聽完這片CD，蒙塵的旋律經過多年，終於讓我按下播放鍵。連續聽了一個月後，我發現原來我與恆爺所約定的三十歲答案，早就在吉姆克勞契的歌聲裡。他在經典名曲〈I got a name〉中，用輕亮溫柔卻爆發力十足的歌喉唱出最後這句：Moving ahead so life won't pass me away.（向前走，人生不會從我身邊溜走。）

吉姆克勞契於一九七二年走紅，隔年三十歲便死於空難，榮華富貴還來不及享受，盛名卻延續到二十一世紀。他應是我當初對恆爺所說的：「活到三十歲，人生在最精采的一刻結束」的最佳範例。

但天知道他在人生結束前的最後一刻，還有多少遺憾？

不管活到幾歲，沒人能定義誰活得比較有價值，只有自己。而我終將因此找到人生該靠的岸。

這本書的完成，某個程度也算交出了我前半生的成績單，相信未來的路還很長，也許還有些故事可以繼續寫下去。

感謝我的先生柏鈞，在我寫書的過程中，他是我最好的讀者，寫得好時，毫不保留地大力稱讚；寫得不好時，直接對內容提出批評建議，讓我不至於一味自我陶醉於風花雪月的事，而失了更該與讀者分享的故事焦點。

感謝榮幸哥在我新聞從業路上的一路提點與愛護，還記得我逃亡英國前與榮幸哥小聚，聊及不知道以後還會不會回媒體圈時，他對我說：「沒有關係，只要莫忘初衷就好，人生的路很長，放膽發聲去。」我絕對銘記在心。

感謝總編輯明雪願意欣賞我的文章，我非常喜歡如此溫柔又犀利的她，絕對是個現代職業女性的典範，她是個成功又快樂的母親，更是我要學習的對象。還有第一任主編佩茹，總是充滿著創意發想；還有一路走來對我提點最多的副主編懿文，我的工作忙碌，個性又粗枝大葉，多虧她細心周到，才能讓這本書順利出版。也感謝行銷經理多誠在社會氛圍對媒體多所批評的當下用心推薦我的書。真的難為、也辛苦你們了，這些點點滴滴，我記在心頭，希望有一天我也能為你們做些什麼。

感謝文茜姊、怡宜姊、儒門、張文強老師與鄭瑞城校長的肯定，為我的書增添份量。我期許自己只要還在新聞圈工作一天，一定會更加努力。

感謝我的父母給我無限的體諒、包容與支持，也許你們看到這本書時，才知道原來自己的女兒經歷過一些你們不知道的事，但請不要掛心，因為我很好，所以你們也要更好，你們永遠是我最重要的力量。

感謝所有我採訪過的受訪者、教導我的新聞前輩與曾經共事的朋友們，儘管我犯過錯也不完美，但我很珍惜與你們交會中的成長。

感謝在天之靈的恆爺，幸好當年和你打了這個賭，讓我不敢渾渾噩噩的活著，這個無形的賭注力量真的不小啊！

人生的角色扮演愈來愈多，我知道自己是大千世界中苟活的一隻螻蟻，但也是宇宙中唯一能對自己生命負責的主宰。

請讓我繼續謙卑而驕傲地活著。

附錄一

主播的一天

寫照一

電視記者生活趕趕趕

二十多歲那些年的記者生活緊湊又繽紛，每天都有驚喜與挑戰，但隨著時間擠壓出的「過日子」時間表，差不多就像下面描述的這樣。

早上七點半鬧鐘響起，反射神經按掉後，立刻彈跳起來。

刷牙洗臉換衣服，五分鐘搞定，媽媽追著我往嘴裡塞早餐，狼吞虎嚥兩口後，剩下的往包包一丟，七點四十分準時出門。

照例走到巷口超商買兩份報紙，還沒進捷運站，先掃射頭版標題，拿出悠遊卡感應，站口液晶跑馬燈顯示：還有二十秒進站。

我立刻拔腿衝往手扶梯，衝向月台時看到列車已進站停妥。門開啟，嗶嗶嗶，門準備關上，我立刻往即將關起的門縫擠進。安全上壘！

接著拿出報紙開始翻閱，邊看新聞邊思索早上的發稿題目，沒看兩分鐘，手已沾上油墨，這就是我向來不搽指甲油的原因。不過這樣的看報紙習慣對現在的記者來說似乎已經改變，用智慧型手機看各報的新聞 app 才是王道。

由於車廂空間擁擠，空腹的胃加上追趕捷運的奔跑，曾經好幾次才站沒五分鐘便覺得整個人虛弱癱軟，硬撐三分鐘，終於因為不支而原地蹲下去。感慨的是，周圍的人總是好奇瞄著我，卻沒人讓座位，果然青春也是一種「原罪」。

搭了二十五分鐘後，走出捷運站，進辦公室前買杯咖啡，八點三十分一坐上辦公室位子上，立刻開啟電腦進入工作區、與長官討論稿單。

九點離開公司，跑了兩個行程，訪問了三個受訪者，十一點回到公司，離十二點播出的午間新聞只剩一小時。

拿出回程時在採訪車上寫一半的稿子，開啟電腦工作區繼續趕稿。此時長官在身後大喊：「逸卿，第三條！」

「好！」第三條新聞約十二點五分就會播到。我低頭加速趕稿，同時思索需要用到的畫面，腦袋轉速比心跳還快。我立刻打電話給攝影同事：「我需要一些行政院會的畫面喔，還有新聞局長上週講的那段話在某某新聞裡。麻煩先把帶子調出來。」

攝影同事立刻搜尋，我的鍵盤聲也比心跳快。十一點十五分，稿子完成了。「長官幫我看稿！」

偏偏長官也在看別人的稿。時間一分一秒過去，我如坐針氈。好不容易十分鐘後長官大喊：「好了，去做帶吧！」

十一點二十五分，我與攝影同事衝進剪接室，結果十幾間剪接室已經客滿。「救命啊！我是第三條呀！」我對著管剪接室的同事哀嚎。

負責同事立刻敲了一間門，朝裡面大吼：「先讓出房間！快！」

裡面的人聽到之後速速退下，我與攝影同事立刻衝進去，此時時間指著十一點三十分。

我趕緊調整機器，放入帶子，攝影做出手勢，我拿起麥克風開始過音，才過了兩句，手機響起。「吼！」我和攝影兩人同時罵出聲，但還是接起手機，對方說：「你好，我是某某公關，請問你是否收到我們今天下午兩點的採訪通知？」

「不好意思我在忙，請等會兒再打。」我沒等對方回應便掛了電話，繼續趕新聞。

十一點四十五分，我衝回位子，在攝影同事忙著剪接畫面的同時，趕緊補上稍後主播要唸的稿頭、編輯要下的參考標題以及受訪者的姓名。整個辦公室啪啦啪啦響，和我一樣的記者二十來個，都在做同樣的事。這時電話再度響起，攝影同事鬼叫：「喂！剛剛借的畫面不夠，再幫我找一些吧！」

「好，好。」我邊打字邊應聲，同時長官喊來聲音：「逸卿，交帶沒？」此時十一點五十五分。我回吼：「快了、快了。」接著趕緊進入片庫找畫面給攝影同事。

等我再衝回位子繼續補剛剛的稿頭與標題時，正好十二點整，新聞開始播第一條。旁邊的人看我面無表情，其實我的精神緊繃到最高點，長官也跟著血壓升高，直催我動作快點。十二點三分，我按下最後一個 Enter 鍵，請長官幫我把稿子丟上作業系統，然後起身，再衝回剪接室。

「剪完了嗎？」我問。攝影同事臉色鐵青，根本沒時間理我。催帶同事這時衝過來狂吼：「好了沒?!下一條就到了呀！」

我看著電視，新聞開始播第二條。「沒時間了，等等直接跑帶到副控。」攝影同事突然彈跳起來，往副控衝去，走廊的人大喊：「讓路讓路！」

衝進副控，導播正在下指示：倒數三十秒。時間是十二點五分，驚險交出帶子。

我大嘆一口氣，慢慢走回座位，才剛坐下，腦袋便已開始運轉下午的稿單，眼睛和耳朵同時注意著別家新聞台播出的內容，避免自己有所遺漏。午餐只能等到想好稿單後再去買個飯糰充飢。

下午，又是同樣的循環。趕上晚間六點新聞後，我回到座位，思考明天的稿單，也開始打電話打探線上訊息。以秒過日子的一日人生暫時告一段落。

晚間八點步出公司，前往參加某單位邀請的飯局。沒多久，長官的電話又響起：「剛剛看到某某台有個獨家，在講今天蔡英文的巴拉巴拉巴拉，我們怎麼沒有？」

我嘆了一口氣。「好，我來問一下。」我一邊跟人吃飯，一邊繼續打電話，與人三杯酒下肚後聊開，這晚再挖些內幕消息，明天補個獨家給公司。

晚間十一點回到家，梳洗完畢，倒在床上，公司電話又響起了。

我有些忐忑地接起電話，電話那頭是新聞部編政組同事：「逸卿，晚上某某人過世了，我負責通知你明天搭六點的早車去台北榮總連線。」

掛上電話，調好鬧鐘，腦袋的跑馬燈不知多久才暗了下來。我靜靜躺著，在明天一早再度開啟一日循環之前，好好享受這短短數小時的睡眠時間。

寫照二

主播台前台後

我素顏走進辦公室，身穿棉T、牛仔褲加球鞋，如幽魂般悄悄坐上位子。編採會議開始了。

採訪中心各個長官一一報稿，作業系統的稿單時而更新與刪除。主播雖然不必出門跑新聞，卻要掌握當天新聞脈動，這就得仰賴新聞團隊分工，直到主播說出口之前，只要發現新聞有錯，都還來得及修正。

編採會議結束後，大約上午十點多，我就開始化妝打扮。

一層層的粉底打上去，毛孔跟著關起來了，而眼皮儘管被雙眼皮膠和假睫毛重重壓迫著，還是得努力睜大，同時留意兩隻眼睛有沒有畫得一樣大。但與負責梳化同事閒話家常，總能讓心情放鬆片刻。

十一點多梳化完畢，接著就是服裝了。因為西裝外套有點大，服裝師幫忙從背後夾了好幾個夾子，正面看起來體面十足，其實宛如背脊龍。

然後去上個洗手間、倒杯溫水，走回位子上，打開電腦準備稍後要播出的新聞。午間新聞的稿子往往因為記者截稿時間匆促，總是在最後一秒才出現在電腦裡，也因此，早上開會的內容就是接下來隨機應變的武器。

走進攝影棚，手上拿著零零落落的幾則稿子。才剛坐定，耳機便傳來導播的聲音：「麻煩試音。」

「好。一二三，一二三……」

「試音OK。」導播跟我說話的同時，耳機還傳來製作人的咆哮聲：「什麼？頭條還沒到?!」

導播苦笑。「等等再跟你講第一條播什麼。」

再過三十秒就要開播了，稿單卻還沒確定，此時耳機裡再度傳出製作人的聲音：「什麼？前十條新聞只到四條，我rundown（新聞排播順序表）排出來是裝飾用的嗎？」

儘管記者們已經拚了老命在趕稿，但今天到稿狀況實在不順，讓製作人心情大壞。距離開播只剩十秒了，製作人下了決定，說：「好，先播XXX。」

導播趕緊提示我：「先播第三條，XXX，稿子拉給你。」

五、四、三、二，一，片頭音樂響起，我眼前的讀稿機還沒出現一個字，但我得開始說話了。

「您好，歡迎收看午間新聞。一開始帶您來看台菲之間的關係愈來愈緊張，台灣漁民洪石城遭菲律賓公務船槍殺後，菲國態度始終閃避……」講完之後，稿子才終於跳出讀稿機。

第二條新聞緊接著來，這時在讀稿機上看到了幾個明顯的錯字，趕緊開啟與讀稿機系統連動的電腦作業稿單的檔案，進入檔案修正稿子，重新順了一下讓主播唸的稿頭，結果導播又傳來聲音：「帶子出問題了，我們先播另一則XXX。」

「好的。」我沒時間找稿子，但腦袋裡一邊想著這條新聞的重點。倒數五秒，我深呼吸，盯著鏡頭繼續播報，因為得同時注意稿子有沒有問題，差點就吃了螺絲。

新聞排播順序表既然是參考用，所以我也不會知道接下來第三條要播什麼新聞。就在我等待下一條新聞的空檔時，在攝影棚內部監看的電視鏡面上，看到準備秀出下一條新聞資料的圖卡數據和記者稿子裡寫的不一樣，於是趕緊透過麥克風問導播：「怎麼回事？到底是誰的對啊？要不要趕快確認一下？」

接著立刻有人開始撥電話，從製作人、記者到各中心長官進行第一時間求證。時間剩下二十秒，傳來答案，立刻更改數據。此時鏡頭再回到我身上，又一個危機處理結束。

突然一陣天搖地動，竟然是地震！耳機又傳來副控的混亂聲，導播趕緊說：「這條新聞結束後，你先插播地震消息。」我點點頭，自己先在腦袋裡順順稿子。「各位觀眾，插播最新消息，就在稍早十二點二十五分，許多人感受到一陣地震搖晃。至於地震震央、震度如何、有沒有造成任何受損或傷亡，稍後有最新消息為您插播報導。接下來要告訴您……」

終於，兩個小時的新聞結束了。此時下午兩點，我走出攝影棚，解放憋爆的膀胱，以及早已飢腸轆轆的肚子。由於下午還要繼續播新聞，於是叫了幾個水餃直接在辦公室裡吃起來，還一邊準備專題採訪的稿子。我這個濃妝豔抹的假人在辦公室裡走來走去，實在顯目，但這樣的妝容卻能遮掩我的疲憊，提醒自己要撐住，因為還有好幾個小時要度過！

主播的種類很多，有資深專業、中生代記者起家或是走純美女正妹路線，各有各的優勢，然而在新聞台日益興盛的年代，大眾逐漸改變這個角色的評價，唯一能掌握的就是讓自己在時事洪流中仍確切把關新聞素材與正確性。

潮流變遷迅速，但不變的是新聞基本功。電視新聞礙於時間緊迫，新聞在播出前儘管有層層把關，難免還是會出錯，這時就仰賴主播的臨機應變能力，從過去嚴格的新聞訓練中努力展現所長。

華燈初上，終於結束一天的工作。我迫不及待卸妝，素顏走出公司，轉進便利商店繳了當月的電費，並買了一瓶飲料，接著準備去超市買菜。

就在我跟超市店員結帳時，店員看到信用卡上的姓名再看看我，露出驚訝的表情說：「你就是那個報新聞的嗎？」

素顏的我沒想到會被認出來，只能尷尬禮貌地笑著回答：「是啊。」

「哇，你本人看起來比較年輕，而且……比較瘦耶，電視上的臉好圓啊。」店員好像有些不好意思地看著我說。

這樣被認出的狀況三不五時就會遇到，我早就有一套應對的方式。「唉，我媽媽也這麼說，沒辦法，現在因為大家都看液晶電視，螢幕比是十六比九，每個人的比例都會被拉寬，所以看起來比較圓囉，不過也許真的該減肥了。謝謝你說我本人比較好看。」

就算離開辦公室，早已卸下一身的妝容，但還沒進家門前，我的工作身分還不能讓我的心情跟著卸妝。所以我也別心存僥倖，在公眾場合吵架、剔牙或挖鼻孔，主播儘管不是藝人，但不小心被認出來的時候也夠糗的了。

終於進了家門，從鏡頭前回到真實人生，倒在沙發上，翹起二郎腿，看著窗外不怎麼璀璨的星空，心中漸漸平靜。夜裡，讓我有機會將白天掏空的自己再次填滿，然後繼續面對黎明到來的未知，只不過這放空的時間也沒法持續多久。

因為新聞永遠是進行式，我還是得抽空看過晚間重要新聞的最新發展後才上床，老實說這並不辛苦，而且已經是一種新聞的癮頭，不 follow 一下會睡不著。

我這個新聞的說書人能夠從新聞中認識世界，進而擁抱世界，讓自己當個最踏實的追夢人，雖然很累，卻也很酷、很美。

附錄二

主播好糗

事件一
誤闖禁地

別看螢光幕前的主播老是光鮮亮麗、一副天之嬌女的模樣，其實在鏡頭之外常常是糗事一籮筐，不過當然啦，這畫面哪能讓觀眾瞧見呢？回想起來，真是為自己當時捏把冷汗。

最令我印象深刻的是發生在以前的老東家。老東家的新聞部有好幾個攝影棚，而我播報新聞的攝影棚很小，離副控也很遠。

播報新聞時，攝影並不會在一旁，如果其他棚正好沒在錄影，那麼整個攝影棚就只有我一人。也就是說，我可以在裡頭鬼吼鬼叫，基本上不會有人聽到我在叫什麼。

當然，正常情況下是絕對不會鬼吼鬼叫，但就真的發生那麼一次，我看著鏡頭，對副控裡的導播、音控等所有同事哇哇亂叫，整個花容失色。

事情是這樣的。那天我照例進棚，一進棚就聞到一股怪味，當時工作人員還在現場，我問：「這是什麼味道？」

「有嗎？」工作人員一頭霧水，顯然不知其味。

「你不覺得好像有東西燒焦了？」

「我們剛換了一個燈管啦，新的燈管難免會有這種味道。」

我半信半疑，但人家都這麼說了，我就安心上工。只是那味道愈來愈重，我自我安慰可能是因為攝影棚的門關起來，以致味道散不去。

但播著播著，不知是我眼花還是心理作用，攝影棚裡竟然瀰漫著霧氣，還真是羅曼蒂克啊！就在我唸著一條新聞的稿頭時，突然「砰」的一個爆炸聲從我身後爆出。

想像一下，如果一串鞭炮突然在距離身體一公尺內的地方炸開，當下會做何反應？應該是跳開、尖叫、逃跑加摀耳朵吧！

但這幾個自衛行為我都不能做，因為鏡頭正對著我。當爆炸聲響發生時，我身體本能地震了一下，更本能地想跳開、尖叫、逃跑加摀耳朵，只是這樣做大概會成為台灣新聞史上主播新聞播到一半突然衝出鏡頭外的首例吧！

所以我還是假裝鎮定地面對鏡頭把稿子講完，嗆鼻的煙霧讓我幾乎要咳嗽。

等到進新聞畫面時，我回頭一看，哇，更精采了。燈管爆炸就算了，燈架竟然還開始冒火！這時根本管不了形象，也沒必要故作端莊，直接就對著攝影機揮手亂喊：

「失火啦！失火啦！快來人啊啊啊啊！」

接著耳機傳來導播的聲音：「真的假的？撐著點，馬上有人過去救你了。」

我在座位上如坐針氈，不久工作人員連滾帶爬地衝進來。他們一看到這個光景，馬上飛撲救火，因為一條新聞不過播一分鐘，就算多狼狽都得在這一分鐘內搞定。

好在火勢不大，很快就撲滅了，我為時一分鐘花容失色的漏網鏡頭就此結束。「五、四、三、二……」耳機傳來導播提示的聲音，我再度擺出職業般的笑容，在煙霧瀰漫的攝影棚裡若無其事地繼續播報。但除了案發現場的當事人，有誰會知道這裡才剛發生了一場火警、損失了一盞燈，還殺死了我和工作同仁數億個腦細胞。

這次我雖然沒有播到一半衝出鏡頭，不過我卻有過「衝進鏡頭」的經驗。

新聞台的每個整點主播都要交接，通常在兩個主播交接的空檔都會播出一條新聞，或進個廣告當做緩衝時間，讓主播有時間換手、戴耳機麥克風、試音、整理服裝儀容。有一次我快播完這個整點，下節的主播H已經在一旁就緒，此時導播說：「這條BS結束後立刻交接，中間只有片頭，不進廣告。」

所謂BS，就是觀眾在看新聞時可以看到新聞畫面，同時主播會配合畫面講新聞，結束後鏡頭再回到主播身上。這也就是說，我一講完，畫面就回到我向觀眾道再見，接著進一段片頭，下節主播就要在主播台上端坐好，準備報新聞，這樣的交接時間大概只有十秒。

我和Ｈ主播當場傻眼，這簡直是速度大考驗。我向觀眾說再見後，迅速拔起耳機麥克風起身讓位，Ｈ主播火速坐下，可是桌上的稿子和茶杯統統來不及收。

我站在一旁，等著進廣告時再去把東西拿走。

但十秒鐘過去了，Ｈ主播竟然還邊扣釦子、邊面對鏡頭，同時以猶疑的聲音講著：「您好，歡迎收看……」

他的聲音又慢又隨意，難道還沒進現場，導播還在叫他試音嗎？

再觀察一下，我確定還沒進現場，當下決定趁這時趕緊拿走我的東西，於是朝著主播台走去。

走了幾步，Ｈ主播抬頭看我一眼，但我的腳步沒停下來，直直走向主播台，拿起我的杯子，然後眼角瞄到了攝影機。

這……電視畫面怎麼出現兩個人？

只見Ｈ主播邊唸稿子，邊在桌子底下比了一個手勢，要我別再繼續往前走。我這才驚覺，我好像跑進鏡頭裡了！從電視上看去，就是一個主播突然從鏡頭前飄了進去，糟糕的是，還面帶傻笑。

我當下發現事情大條了，於是迅速、悄悄地（其實全世界都看到了）拿著我的杯子倒退八步，試圖飄出鏡頭之外。更大條的是，我竟然在飄出後還忍不住哈哈大笑。

事實上，我從入鏡到出鏡不到五秒鐘。不過根據了解，當時辦公室的人看到這一幕都是一陣尖叫，就在大家驚魂未定時，又聽到在攝影機照不到的地方傳出我陣陣的笑聲……

事後，我不斷被朋友嘲笑，尤其是我拿的老舊杯子，看起來就像飲料店的包裝材料，怎麼也不相信一個主播會用那麼破的杯子喝水。編輯好友拿著收視率對我說：「本來擔心收視率會掉下去，後來發現反而很好，看來大家都喜歡看主播出糗。」

事件發生後，我倒是換了一個杯子，就算下次穿鏡時（打死都不能有下一次），行頭也不會再被笑了。

事件二

雞排記者不英雄

人的一生中總會摔跤幾次，只要摔倒再爬起來，繼續挺胸往前走，那是骨氣。但如果是在大庭廣眾下摔了幾次狗吃屎，就很難像勵志小品那樣，站起來時還能大談人生哲理的情操。更何況以記者形象出門工作，理應氣勢不可擋，而這麼一跌，什麼氣勢都免談。

我曾與恆爺去採訪冰雕展，當天來了很多媒體，每個人都穿著厚厚的雪衣進入展區，聚集在一處大型溜滑梯冰雕前。就在我想拉個小朋友訪問時，發生了滑倒慘案。由於冰地非常滑，我一個不小心就在大庭廣眾面前，兩條腿像卡通裡的人滑倒的姿態那樣，原地跑步三秒後就一屁股撞向冰凍的地板。

丟臉。真丟臉啊。

我羞紅著臉爬起來，恆爺一副想笑又不敢笑的表情，而我只能當做沒事。怎樣？你們沒摔過嗎？哼！

但這還不是最糗的一次。

二〇〇六年，北高市長暨市議員選舉前夕，民進黨神主牌林義雄重出江湖，一大早便從士林陽明戲院前出發，陪同當時參選台北市長的謝長廷掃街。

為了選舉大事，各電視台都要求記者早點定位連線，我因貪圖住得近而東摸西摸，結果遲到。

踩著高跟鞋抵達現場時，林義雄和謝長廷已經在陽明戲院前站定，準備發表談話。我看看苗頭不對，急著衝上前把別人幫忙拿的麥克風抽回來。

逛過士林夜市的人都知道，陽明戲院前有著名的某大大雞排，晚上香噴噴，但到了白天就只剩下油膩膩的地板。就在我試圖從林義雄後面繞過去的剎那，突然無法控制地「快速滑壘」了一公尺，整個人往前撲倒，於是我就在攝影鏡頭前及神主牌的背後，砰的一聲趴在雞排一夜激情後的地板上。

我在鏡頭前摔個典型的狗吃屎，當下第一個反應還不是喊疼爬起來，而是趴在地上斜眼偷瞄，確認我的位置就在媒體包圍林義雄與謝長廷的正後方。

我從油滋滋的地板上爬起來，一旁謝長廷的幕僚憋著笑，好心遞出衛生紙，讓我擦掉身上的髒汙，當下只覺得很丟臉，想躲得遠遠的。但停頓兩分鐘後，想到剛剛的倒跌慘案，自己卻悶笑到快岔了氣。

不等別人問，我倒是先自己廣播了。

我走到SNG車導播和工程人員面前，邊笑邊裝無辜說：「我剛剛跌倒了。」然後把剛剛的糗事講一遍。

導播反過來安慰我：「這裡的地真的很滑，一早就有很多人差點滑倒。」接著將我一軍，「我們本來盤算今天的新聞頭條應該是『林義雄跌倒』或『謝長廷跌倒』，結果竟然是你。嘖嘖，真沒賣點……」

幸好我因為跑新聞而練就一身厚臉皮的功力，對於摔倒這事還挺豁達，而且慶幸的是，沒有什麼嚴重的傷。不過也因為常摔跤，每逢路上看到有人跌倒，就一定會發揮人溺己溺的精神，不僅不笑，還會扶對方一把，然後快速走人。

至此，突然從摔跤悟出了人生哲理，這種想法會讓這個社會變得可愛一點吧！但短時間內，我是不會想吃雞排了。

國家圖書館出版品預行編目資料

我的新聞是這樣跑出來的：衝撞第一現場的理性與感性 /
黃逸卿著. -- 初版. -- 臺北市：遠流, 2014.06
面； 公分
ISBN 978-957-32-7405-6（平裝）
1.新聞記者 2.新聞寫作
895.1 103006560

我的新聞是這樣跑出來的
衝撞第一現場的理性與感性

作者——黃逸卿

責任編輯——陳懿文
校對協力——林孜懃、盧珮如
封面設計——江宜蔚
內頁設計——丘銳致
行銷企劃經理——金多誠
出版一部總編輯暨總監——王明雪

發行人——王榮文
出版發行——遠流出版事業股份有限公司 臺北市南昌路二段81號6樓
郵撥：0189456-1 電話：(02)2392-6899 傳真：(02)2392-6658
著作權顧問——蕭雄淋律師
法律顧問——董安丹律師
輸出印刷——中原造像股份有限公司
2014年6月1日 初版一刷

行政院新聞局局版台業字第1295號
定價——新台幣280元（缺頁或破損的書，請寄回更換）

ISBN 978-957-32-7405-6
遠流博識網 http://www.ylib.com E-mail:ylib@ylib.com